Sur l'auteur

Nick Hornby est né en 1957. Il est devenu un auteur culte outre-Manche avec ses romans : *Haute fidélité*, *À propos d'un gamin*, *La Bonté, mode d'emploi*, *Vous descendez ?*, *Slam* et *Juliet, Naked*. Il a également écrit des ouvrages de non-fiction, *Carton jaune* et *31 Songs*. En 1999, Nick Hornby s'est vu remettre le E.M. Forster Award de l'Académie américaine des Arts et Lettres et remporte en 2002 le W.H. Smith Award For Fiction. Il a signé récemment le scénario du film *Une éducation*, réalisé par Lone Sherfig et nominé aux Oscars. Son dernier livre, *Un mariage en dix actes*, a donné lieu à une série intitulée *State of the Union*, dirigée par Stephen Frears pour la BBC. Nick Hornby vit et travaille à Highbury, au nord de Londres.

Du même auteur
aux Éditions 10/18

HAUTE FIDÉLITÉ, n° 3056
CARTON JAUNE, n° 3202
À PROPOS D'UN GAMIN, n° 3367
LA BONTÉ, MODE D'EMPLOI, n° 3496
31 SONGS, n° 3604
VOUS DESCENDEZ ?, n° 3919
SLAM, n° 4239
UNE ÉDUCATION, n° 4295
CONVERSATIONS AVEC L'ANGE, n° 4749
FUNNY GIRL, n° 5102
UN MARIAGE EN DIX ACTES, n° 5674

NICK HORNBY

UN MARIAGE EN DIX ACTES

Traduit de l'anglais
par Christine Barbaste

10
18

ÉDITION STOCK

Titre original :
State of the Union
A Marriage in Ten Parts

Publié à l'origine
par Penguin Books, Londres, 2019.

ISBN 978-2-264-07805-6
Dépôt légal : juin 2021

PREMIÈRE SEMAINE

Marathon

Quand Louise arrive, Tom a déjà bu la moitié d'une pinte et il fait les mots croisés du *Guardian*.

« Salut.

— Ah, salut, répond Tom. Je t'ai commandé un verre.

— Merci. » Louise boit une gorgée. « Et merci d'être venu.

— Je t'en prie.

— Tu attends depuis longtemps ?

— Non, non. J'en suis juste à ma quatrième bière. »

Louise semble affolée.

« J'exagère. Ce n'est pas vraiment la quatrième.

— D'accord. Ouf. »

Elle lâche un petit rire forcé.

« Mais la deuxième, cela dit.

— Tu as droit à deux, concède Louise. Mais n'auras-tu pas besoin de faire une pause pipi ?

— J'y compte bien. Et je la ferai durer le plus longtemps possible.

— On risque de penser que tu es allé faire la grosse commission.

— Oh, merde. Eh bien, j'annoncerai dès le départ qu'en aucun cas je ne peux faire la grosse commission ailleurs que chez moi. »

Pour montrer ses bonnes dispositions, Louise lâche un gloussement qui veut exprimer l'amusement.

« On dirait qu'aujourd'hui je pourrais dire absolument n'importe quoi et ça te ferait rire. Dans la limite du raisonnable, observe Tom.

— Je suis d'avis de ne pas tester cette théorie.

— Sauf que : qu'est-ce qui est raisonnable ? Voilà matière à discussion.

— Nous avons probablement assez de matière à discussion sans devoir fouiller dans l'histoire de la philosophie occidentale, réplique Louise.

— Je te l'accorde. Qui était le philosophe de la raison ? Kant, ai-je envie de répondre. Et je ne vais pas m'en priver. Kant. Voilà, c'est dit. Je vérifie ? »

Il dégaine son téléphone.

« Non, proteste Louise. S'il te plaît. Nous n'avons que quelques minutes.

— Tu es sûre ? C'est l'affaire d'une seconde.

— Certaine. Mais merci. Les enfants, ça allait ? Christina se souvenait qu'elle doit rester plus longtemps, ce soir ?

— Tout est sur les rails, lui assure Tom. Dylan s'est encore fait coller.

— Oh, merde ! Pour quoi, cette fois ?

— Il a imité quelqu'un dont je n'avais jamais entendu parler pendant le cours de géographie.

— L'imbécile. Pouvons-nous discuter de…

— Quelqu'un dont je n'avais littéralement jamais entendu parler, insiste Tom. Un youtubeur, un jeune mec crasseux sur les bords… Et quand je suis parti, Otis se sentait “un petit peu mieux”. Surprise, surprise.

— Tu ne chercherais pas à meubler le temps qui reste avant d’y aller ?

— Ce n’est pas exclu. Je suis nerveux.

— Je suis désolée. Sans moi, nous n’en serions pas là.

— Exact. »

Louise le dévisage.

« C’est tout ? “Exact” ?

— Oui, c’est tout. Sans toi, nous n’en serions pas là. C’est triste, mais c’est comme ça.

— Tu n’endosserais pas une toute petite part de responsabilité ?

— Moi ? Non. Pourquoi ?

— Parce que… c’est un long chemin tortueux qui nous a menés jusqu’ici. Tu ne crois pas ?

— Tout dépend d’où tu regardes le chemin. Il y a l’itinéraire long et tortueux… et celui à vol d’oiseau.

— Détaille-moi le plan de vol de ton oiseau, demande Louise.

— Tu as couché avec quelqu’un d’autre, et nous en sommes là. »

Louise boit une gorgée, puis inspire profondément.

« Ça ne se résume pas à ça, non ? lance-t-elle.

— Quel est ton point de vue, alors ?

— À vol d’oiseau ?

— À vol d’oiseau.

— D’accord. Tu as arrêté de coucher avec moi. J’ai commencé à coucher avec quelqu’un d’autre.

— Ça, c'est… une version super abrégée. Et plutôt crue, si je peux me permettre.

— Il n'empêche qu'elle est plus longue que la tienne.

— Ma version explique pourquoi nous en sommes là. La tienne est une version tronquée et tendancieuse du long bazar qui a précédé. »

Louise soupire et s'efforce de rassembler ses pensées.

« Oui, j'ai dérapé, concède-t-elle. Mais…

— Est-ce que je peux clarifier un point ? De combien de dérapages parlons-nous, au total ?

— Eh bien, un seul.

— Un seul.

— C'est ça. Enfin, tout dépend de la définition qu'on en donne.

— Cale-toi sur la définition la plus exhaustive. Juste pour que je sache de quoi on parle.

— En ce cas, la fourchette haute irait chercher dans la centaine…

— Doux Jésus.

— … À cause de toutes les décisions minuscules qui ont mené au dérapage proprement dit.

— Nous n'avons que cinq minutes devant nous. Laissons de côté les décisions minuscules.

— Un seul dérapage, en ce cas.

— Mais quand tu dis que ça dépend de la définition qu'on en donne…

— Oui, on pourrait le définir comme un seul accident, dit Louise. Ou comme quatre dérapages.

— Comment ça ?

— Le dérapage accidentel s'est répété par trois fois.

— Je suis perdu. Combien de fois as-tu couché avec ce type ?

— Quatre.

— Et non pas trois, donc.

— Non. Un dérapage, répété par trois fois. Le premier étant le péché originel, si tu veux. Et les trois autres, des doublons.

— Quatre dérapages, tu ne peux pas qualifier ça d'accidentel. Même un seul, franchement, tu vas avoir du mal. »

Il rit de sa pique.

« Sérieux, reprend-il. Comment t'y prendrais-tu pour expliquer que ça relève d'un accident ?

— Je te l'ai dit. J'ai eu une liaison. Ça ne te console pas que ça se résume à quatre fois ? Plutôt que quarante ?

— Pas vraiment, non. Quatre ou quarante, c'est du pareil au même.

— Si ç'avait été quarante, je pense que nous aurions en ce moment une conversation différente.

— Oui. Avec beaucoup de quarante à la place des quatre.

— Tu me comprends. Quarante, ça voudrait dire que ça durait depuis… »

Elle laisse sa phrase en suspens.

« Pourrais-tu, s'il te plaît, aller au bout de ta pensée ? Combien de temps t'aurait-il fallu pour atteindre quarante ?

— Cette conversation est absurde.

— Je voulais juste une estimation. Pour calculer la fréquence en même temps que le nombre.

— Pourquoi ?

— Pour les besoins de la comparaison.

— Il n'y a pas de comparaison qui tienne. Ça reviendrait à comparer un sprint de vingt mètres avec un marathon.

— Le marathon étant… nous ?

— Évidemment, assène Louise. Nous sommes mariés, nous avons des enfants.

— Sauf qu'on ne savait pas ce que l'avenir nous réservait, quand on a commencé à coucher ensemble. On n'a pas ménagé nos forces. On ne s'est pas dit : "Mieux vaut ne pas partir sur les chapeaux de roue, sinon on sera au bout du rouleau dans quinze ans."

— Écoute. Ces quatre fois ont eu lieu en l'espace de quelques semaines. Nos quatre premières fois, c'était en l'espace de quelques jours. »

Tom semble apprécier la remarque.

« Mais où cela nous mène-t-il ? reprend Louise. Combien de temps nous faudra-t-il, à partir de là, pour arriver à quatre fois ?

— Et c'est où, "là" ?

— Ici. Là. Maintenant. Où on ne couche plus du tout ensemble.

— Très bien. Si tu veux poursuivre cette analogie avec la course à pied…

— À laquelle je ne tiens pas plus que ça…

— En ce moment, nous sommes Usain Bolt, handicapé par une blessure. Par un claquage à l'aine, si tu veux.

— On est tous les deux Usain Bolt ? Pas juste toi ?

— Notre relation sexuelle est Usain Bolt avec un claquage à l'aine. Elle a calé. Mais dès qu'elle va redémarrer, elle arrivera à quatre en moins de deux. »

Louise consulte sa montre.

« Il nous reste moins de cinq minutes. Nous devrions décider d'un ordre du jour qui ne concerne pas des coureurs olympiques.

— Mon ordre du jour est le suivant : pourquoi as-tu couché avec quelqu'un d'autre ?

— Je soupçonne que, pour répondre à cette question, nous devrons d'abord répondre à beaucoup d'autres. »

Tom lâche un soupir las.

« Vraiment ? »

Il est distrait par quelque chose derrière la devanture.

« Regarde. Ils sortent. »

De l'autre côté de la rue, un couple émerge d'une maison qui fait face au pub.

« Tu vois la porte d'ici ?

— Oui. C'est celle-là. La porte verte, dit Tom. Ces deux-là, ils ne se sont pas déplacés pour rien. Ils ont l'air complètement ébranlé.

— Oui. Ils sont laminés.

— Tu veux dire qu'ils sont exténués ? Ou que leur couple n'a plus d'avenir ?

— Les deux, répond Louise. Regarde. Elle a envie de le tuer. »

Le couple s'éloigne, puis disparaît.

« C'est ça qu'on cherche ? s'inquiète Tom. À bousiller définitivement notre mariage ? Ce n'est pas comme s'il n'en restait rien.

— Non, bien sûr.

— Déjà, pour commencer, nous avons deux enfants.

— Exactement. Et…

— Les mots croisés, ajoute Tom avec optimisme. *Game of Thrones*.

— Oui. Quand ça passe.

— Alors a-t-on vraiment… J'ignorais que notre couple avait besoin… qu'on lui ouvre le ventre.

— Pardon ?

— Disons que c'est une métaphore médicale.

— Qui ne manque pas d'à-propos. Si on t'ouvrait le ventre et qu'on y découvrait des colonies de cellules cancéreuses, voudrais-tu qu'on te recouse sans les retirer ?

— Prenons plutôt l'exemple du virus Ebola. Tu sais que je n'aime pas parler du cancer.

— Tu préférerais avoir Ebola plutôt qu'un cancer ?

— Quand on vit à Kentish Town, le risque de contracter la fièvre Ebola est largement plus hypothétique.

— Certes, concède Louise, mais l'intérêt de la métaphore est justement que tu es atteint. Si nous avions réussi à éviter toute maladie conjugale, nous ne serions pas assis là en ce moment.

— Pas faux. Bon, d'accord. Un cancer.

— Donc, aimerais-tu qu'on te recouse et qu'on te renvoie chez toi ?

— Tout dépendrait de l'étendue de la maladie, je suppose.

— C'est pour la diagnostiquer qu'on t'a ouvert

le ventre et qu'on farfouille. Sans ça, impossible d'estimer l'étendue des dégâts.

— Raison pour laquelle je ne vais jamais chez le médecin.

— Et qui nous ramène à notre point de départ : tu refuses de parler de notre couple à qui que ce soit. S'il mourait, tu préférerais être mis devant le fait accompli, parce qu'il aurait succombé à une mort subite.

— Exactement, assène Tom. Tu es gérontologue. Les belles morts n'ont aucun secret pour toi. Quoi de mieux que flancher sans crier gare ?

— Là, tu parles de crise cardiaque. Or un couple ne meurt pas subitement. Quand il casse sa pipe, c'est qu'il était malade depuis un petit moment.

— Ah, merde.

— Là où je veux en venir, je crois, c'est que médicalement parlant, soit on ne fait rien et il nous tue, soit on le fait examiner. »

Elle regarde de nouveau sa montre.

« D'accord ? »

Tom opine, comme s'il venait de trouver une détermination nouvelle.

« D'accord, acquiesce-t-il. Je ne peux pas dire que je trépigne d'impatience, mais…

— Je ne veux pas me défiler, insiste Louise.

— Non, non, bien sûr. Et même si ça se passait mal… Ce n'est jamais qu'une heure.

— Oh, non. Je parlais de notre couple, pas du soutien psychologique.

— Oh. Ah… au fait – c'est un homme, ou une femme ? Tu ne me l'as jamais précisé.

— Si, répond Louise. C'est une femme.
— Une femme ? Oh, merde.
— Tu n'aurais pas réagi pareil, si je t'avais dit que c'était un homme ?
— Si. À ce détail près que le problème aurait été d'une nature différente. Avec un homme, je n'arriverais pas à aborder des questions intimes, évidemment.
— Évidemment.
— Mais avec une femme… je vais me faire massacrer.
— Massacrer ? Pourquoi s'en prendrait-elle à toi plutôt qu'à moi ?
— Par féminisme. »
Louise éclate d'un rire incrédule.
« Je sais bien que tu as eu une liaison, mais tu verras, ce sera ma faute, insiste Tom. Elle te trouvera des circonstances atténuantes. Je ne fais pas juste référence à ma… à notre… tu sais bien, la chose. Si elle apprend que c'est toi qui gagnes tout notre argent, que tu fais presque tout le temps la cuisine alors que tu travailles et pas moi, et qu'en prime tu écopes aussi de tous les trucs chiants d'organisation et que… À mon avis, elle va te signer un chèque en blanc. Allez-y, Louise. Prenez tout ce que vous pouvez, ma grande, profitez-en. Vous avez droit à dix liaisons, si le cœur vous en dit.
— Ça m'étonnerait que les conseillers conjugaux encouragent leurs patients à avoir dix liaisons. Et, franchement, je n'en veux pas dix. Une seule, c'était déjà très stressant. »
Elle se lève et Tom l'imite. Ils vident tous les deux leur verre.

« Elle va passer l'éponge dessus, c'est tout vu.

— Je ne la laisserai pas faire, promet Louise. Je ne lui cacherai rien de mes écarts de conduite. »

Tom lui décoche un regard.

« Tient-on vraiment à entrer dans les détails ?

— Ce n'est pas ce que je voulais dire. Je voulais parler du fait que j'ai été horrible. Injuste, sournoise et… moralement blâmable. »

Ils sortent du pub et traversent la chaussée. Une fois sur le trottoir d'en face, Tom s'immobilise.

« Marchons un peu, propose-t-il. Essayons de peser le pour et le contre.

— À quel sujet ? demande Louise, tandis qu'ils s'éloignent de la maison de la conseillère.

— Vaut-il mieux un homme ou une femme ?

— C'est une femme, et elle nous attend. C'est tout pesé.

— Pas nécessairement. On pourrait sécher ce rendez-vous, et chercher un homme.

— Ce qui, comme tu l'as fait remarquer, poserait un autre problème.

— J'ai changé d'avis, à ce sujet.

— Tom, ça suffit, s'impatiente Louise. Ces séances étaient ton idée, au départ. »

Elle rebrousse chemin et se dirige vers la maison de la thérapeute. Tom lui emboîte le pas. Elle sonne à la porte. Ils attendent, nerveux. Soudain, Tom détale, à toutes jambes, comme pour attraper un bus.

« Tom ! crie Louise. TOM ! TOM ! »

Mais Tom l'ignore et disparaît dc sa vue.

DEUXIÈME SEMAINE

Globes terrestres

Louise est au pub, seule, devant un verre de vin, assise à la table où Tom et elles se trouvaient la semaine précédente. Une pinte l'attend. Louise est en train de consulter son téléphone quand le couple qui les précède chez la conseillère conjugale émerge de la maison. Louise les observe par la fenêtre. Il y a de l'eau dans le gaz. La femme s'éloigne d'un pas décidé tandis que l'homme reste au point mort. Il lui crie quelque chose mais la femme continue de marcher. Tom arrive sur ces entrefaites, s'assied, boit une gorgée de bière, et observe un instant la scène avec Louise.

« Qu'est-ce que j'ai raté ? demande-t-il.

— Elle est sortie de là remontée comme un coucou. »

Tom regarde l'homme courir après sa femme. Lui attraper le bras. Elle se dégage violemment, et l'homme encaisse un coup en pleine tête. Il lâche prise et pose les mains sur son visage, stupéfait. La femme repart d'un pas toujours aussi décidé.

« Quel comédien, persifle Louise. Pire qu'un footballeur. »

Sur le trottoir d'en face, le mari se masse le crâne puis, l'air abattu, emboîte lentement le pas à sa femme.

« Elle n'y a pas été de main morte, commente Tom.

— Oui, mais elle a tapé sur le front. Il faudrait qu'elle soit Mike Tyson pour avoir causé de vrais dégâts. »

Tom dévisage Louise.

« Eh bien, quoi ? lance celle-ci.

— J'aurais pensé que tu étais opposée aux violences domestiques. Sous toutes leurs formes.

— Je n'ai pas dit que j'étais pour. Juste qu'il fait des histoires pour pas grand-chose.

— Donc, si tu m'assommes comme ça, comment devrais-je réagir ?

— Tu peux dire "aïe". Et exprimer ta déception. Mais pas te rouler par terre comme si je t'avais fracassé le crâne.

— Je note que tu n'as pas répondu : "Jamais je ne te tabasserais comme ça."

— Je te connais. Tu aurais dit : "Ouais, d'accord, mais admettons que tu m'aies frappé." Tu aurais poussé l'hypothèse. Comme toujours.

— Pas faux, concède Tom. Ça ne t'autorise pas pour autant à faire l'impasse sur la proposition préliminaire.

— Elle allait sans dire. Je ne t'ai encore jamais assommé, et je ne le ferai jamais.

— Pareil pour moi.

— Bien ! Voilà un bon point de départ pour notre séance. Au fait, dans quelles dispositions es-tu, cette semaine ?

— Je suis presque certain d'y assister de bout en bout.

— Plutôt que rappliquer un quart d'heure avant la fin ?

— Crois-moi, il en fallait une sacrée paire dans le pantalon pour oser se montrer la semaine dernière. Et plus l'heure tournait, plus elle devait en imposer.

— Donc, si cette semaine tu te présentes dès le début, ça montre…

— Que je suis encore plus couillu que la semaine dernière.

— Je vois… En gros, quoi que tu fasses, ce sera toujours un acte d'héroïsme extrême de ta part.

— Oui, c'est plus ou moins ça.

— Du coup, à ce stade, on se demande comment tu arrives encore marcher. Ce doit être comme avoir deux… globes terrestres entre les jambes.

— C'est un peu sarcastique, ça.

— Le sarcasme n'est plus permis ?

— Compte tenu des circonstances, non.

— Je ne me souviens pas à quand remonte notre dernier échange sans sarcasme.

— À la semaine dernière. Ici même. Quand tu t'es excusée, etc., etc. Ça m'a bien plu.

— Je n'ai donc pas le droit de plaisanter au sujet de tes couilles géantes ?

— C'était du sarcasme. Parce que mes couilles ne sont pas géantes. Si c'était le cas, et que tu en plaisantes, très bien. Mais là, tu suggérais l'inverse, en réalité.

— D'accord. Et je n'ai pas droit au sarcasme parce que nous sommes ici à cause de moi.

— Exactement.

— Pigé. Tu veux m'entendre dire que tu as des couilles géantes ? Sincèrement ? C'est ça qui te chiffonne ?

— Non ! Qui voudrait d'une paire de globes terrestres ? »

Tom considère Louise d'un regard soupçonneux.

« Ce n'est pas quelque chose qui t'intéresse, n'est-ce pas ?

— Oh, bon Dieu, non.

— Je me demande d'ailleurs si ça intéresse qui que ce soit.

— Il doit exister un site web dédié. Il en existe pour à peu près tout. »

Ils boivent leur verre.

« Alors, quel est l'ordre du jour ? s'enquiert Tom. On ne va pas reparler de Lucy, j'espère.

— Non, nous avons épuisé le sujet.

— Je n'en reviens toujours pas que tu aies mis ça sur le tapis.

— C'était pour poser un contexte.

— Et je comprends en quoi la soirée de Lucy était pertinente pour cela. Ce que je ne comprends pas, c'est pourquoi tu as consacré vingt minutes de conversation à Lucy.

— Kenyon voulait savoir pourquoi tu ne m'accompagnais pas le soir où j'ai… Tu sais bien. Rencontré Matthew.

— Je ne t'ai pas accompagnée parce que je n'aime pas Lucy.

— D'accord, mais pourquoi ?

— Elle me barbe.

— Lucy ? On parle bien de la même femme ? Celle qui a fait un trekking dans les Andes en solo ?

— Elle-même. Je ne veux plus jamais discuter avec qui que ce soit qui a fait un trekking dans les Andes en solo. Ces gens-là n'ont pas d'autre sujet de conversation. Balance quelques photos sur Instagram si vraiment ça te démange et… passe à autre chose, ma vieille ! C'est du passé !

— Mais quelqu'un qui a vu les Turds sur scène en 1989 est la personne la plus fascinante au monde.

— C'est ce qui est génial avec la musique. Une fois que tu as dit : “J'ai vu les Turds en 1989”, il n'y a pas grand-chose à ajouter. Point final. Et tu enchaînes sur un autre concert que tu as vu à l'époque.

— Kenyon se demandait si tu ne te sentais pas un peu menacé par… »

Tom lève les yeux au ciel.

« Peux-tu arrêter de faire cette tête ? s'impatiente Louise. Elle s'appelle Kenyon, que ça te plaise ou non.

— Ce n'est pas une question de goût. Simplement… je n'y crois pas. Que ce soit son nom, d'accord, mais son prénom, je trouve ça improbable.

— C'est pourtant le cas. Elle s'appelle Kenyon Long.

— Ce qui nous fait deux noms de famille.

— Dont un est son prénom.

— Non, je ne crois pas.

— Selon toi, notre conseillère conjugale nous ment sur son identité ?

— Qui se prénomme Kenyon ? Franchement ?

— Elle. Je ne vois pas ce qu'elle gagnerait à l'inventer. »

Tom s'accorde le temps de la réflexion.

« C'est peut-être son identité de conseillère conjugale. Julie-la-douce le matin. Kenyon-la-fouine et la moralisatrice le soir. »

Louise soupire.

« Y a-t-il un point précis que tu souhaites aborder cette semaine ?

— Non, pas vraiment.

— En ce cas, parlons de Matthew », propose Louise.

Tom grimace.

« Tu es sûre ? Je préférerais qu'on parle d'autre chose.

— Il faudrait savoir ! La semaine dernière, tu trouvais qu'on était entrés trop abruptement dans le vif du sujet. J'ai eu une liaison, et nous avons décidé de consulter un conseiller conjugal.

— La semaine dernière, c'était la semaine dernière. Une thérapie conjugale est un processus sur la durée. On découvre des choses sur soi, et sur l'autre, qui nous avaient échappé jusque-là. »

Louise y va d'un reniflement de mépris.

« Tu n'as pas encore consacré plus d'un quart d'heure à ce processus.

— Raison de plus pour ne pas… se précipiter.

— On ne parlera donc pas de Matthew.

— Je ne pense pas. »

Tom ne propose aucun sujet alternatif. La conversation marque un instant le pas.

« Je vois. En ce cas… »

Un nouveau silence. L'un et l'autre regardent autour d'eux, un peu désemparés.

Le couple qui se disputait entre dans le pub. Mine chiffonnée pour lui, contrite pour elle. Elle l'envoie s'asseoir à une table et, pendant qu'elle attend leur commande au comptoir, elle couve son homme d'un regard anxieux. Il commence à pleurer. Tom tourne le dos à cette scène, mais Louise, elle, n'en loupe pas une miette.

« Que se passe-t-il ? demande Tom en voyant Louise s'animer subitement.

— Il est en train de chialer. »

Tom saisit au vol cette distraction et commence à se retourner.

« Non ! fait Louise. Il va te voir !

— Et elle ? Où est-elle ?

— Elle lui commande à boire.

— À compter de maintenant, je veux un commentaire continu, dit Tom.

— On ne pourrait pas plutôt parler de notre séance ?

— Non.

— Elle lui tend son verre…

— Un cognac ?

— Non. Une bière. Et… elle ne dit rien. Elle s'est assise, et lui, il chiale toujours.

— Quelle mégère !

— C'est peut-être lui, l'affreux bonhomme. Supposons qu'il ait assassiné un de leurs enfants à la hache et vienne seulement de prendre conscience de l'horreur de son geste ?

— C'est pour ça qu'elle l'a cogné ? À cause de l'assassinat ? Ou de la prise de conscience ?

— Ça, ou n'importe quelle crise qui nécessite une thérapie, s'impatiente Louise. L'équivalent conjugal d'un infanticide,

— Une liaison, par exemple ?

— Une liaison n'est pas l'équivalent conjugal d'un infanticide.

— Ça, c'est toi qui le dis.

— On peut, s'il te plaît, ne plus s'occuper d'eux et en revenir à nous ?

— Je n'y tiens pas. À côté du leur, notre couple semble en pleine forme.

— Tom, c'est l'heure d'y aller. Et on n'a toujours pas décidé par quoi on va commencer. »

Louise se lève, termine son verre, enfile son manteau. Tom reste assis.

« On ne peut pas parler de Matthew parce que la racine du problème n'est pas là. Pas cette semaine, en tout cas. Doit-on aborder les raisons pour lesquelles nous avons arrêté de faire l'amour ?

— Oh, bon Dieu, non, répond Tom.

— Il nous faut donc remonter plus loin dans le temps ? Jusqu'où ?

— Ce n'est pas la matière qui manque. Ton boulot. Le mien. La dyslexie de Dylan. La mort de ta mère… Nom d'un chien ! Quand tu y réfléchis, c'est comme le Brexit. Il va falloir deux ans de palabres avant même de tomber d'accord sur la nature des problèmes.

— Tu noteras que le Brexit est un divorce.

— Quand on le regarde de façon négative, nuance Tom. Ils en sont où, derrière moi ? »

Louise jette un regard vers le couple. La femme est lancée dans un long monologue ; l'homme regarde droit devant lui, l'air malheureux.

« Elle parle.

— Et lui ? Il ne dit rien ?

— Non.

— Bon. Au temps pour ta théorie de l'infanticide.

— Pourquoi ?

— Ce n'est pas lui l'assassin, en tous les cas. Elle n'est pas en train de lui répéter en boucle : "Tu as assassiné notre enfant." Non – elle a eu une liaison.

— Si c'est le cas, pourquoi elle l'a cogné ? »

Tom réfléchit.

« Langue au chat.

— Forcément, puisqu'on ne sait rien d'eux. Pouvons-nous en revenir au Brexit ?

— S'il le faut.

— C'est bel et bien un divorce. Je ne me montre pas négative. Es-tu en train de dire que c'est ce vers quoi nous allons ? Et veux-tu bien te lever ? »

Tom s'exécute, enfile sa veste, termine son verre.

« Non. Bien sûr que non.

— Juste pour en avoir le cœur net : un divorce est la dernière chose que tu aies en tête.

— Tu veux une réponse franche ?

— Oui. »

Tom marche vers la porte.

« Comment pourrais-je te répondre franchement alors que nous allons de ce pas consulter "Kenyon". »

De nouveau, il prononce ce prénom d'un ton moqueur.

Une fois dans la rue, il se dirige vers le passage piéton.

« Et toi ? reprend-il. Est-ce la dernière chose que tu aies en tête ?

— Oui.

— C'est absurde. Le divorce est un des développements possibles de cette situation. Et tout le truc du Brexit… Certaines personnes sont convaincues que les grands changements ouvrent des opportunités.

— Tu penses donc que tu pourrais te débrouiller mieux en faisant cavalier seul ?

— Non ! se récrie Tom. Je parlais du pays. »

Ils traversent la rue.

« Et c'est quoi, ces fameuses opportunités ? insiste Louise.

— Nous ne serons plus paralysés par ces kyrielles de contraintes administratives. Nous pourrons décider de nos propres accords commerciaux.

— Tom, je suis complètement perdue. Je ne veux plus parler du pays. J'essaie de comprendre en quoi un Brexit conjugal pourrait être une formidable opportunité pour nous. »

Tom hausse les épaules. Il se montre évasif.

« Avec qui vas-tu conclure des accords commerciaux ? Tu ne fréquentais pas des Italiennes ou des Allemandes, que je sache. Et je doute fort que tu aies plus de chance avec les Chinoises ou les Américaines. Tout ça, c'est n'importe quoi. »

— Je dis juste que la catastrophe annoncée par le *Guardian* n'est pas inéluctable. »

Ils sont arrivés devant la porte de Kenyon. Louise s'arrête net et regarde Tom. Qui évite de croiser son regard et lève la main vers la sonnette.

« Tu as voté pour ce foutu Brexit. NE TOUCHE PAS CETTE SONNETTE ! C'est pour ça que tu t'es inscrit sur les listes électorales ! En dépit de toutes nos discussions…

— Et ça, crois-moi, ça exigeait une sacrée paire de globes. Vu que toute personne de ma connaissance, sans exception, me bassinait avec le désastre annoncé.

— C'est pour cette raison que tu as voté pour ? Par esprit de contradiction ?

— Ça faisait partie du charme, oui. Cela dit, j'adhère aussi à certaines visions socio-économiques – compliquées mais défendables.

— Vas-y, défends-les.

— Non, pas là, devant la porte de "Kenyon", à moins d'une minute de notre séance de thérapie conjugale. »

Louise roule des yeux. Les guillemets ne lui ont pas échappé.

« Défends-en au moins une, alors. Une petite.

— Aucune n'est petite. Crois bien que je le regrette. Toutes sont importantes. Mais pour l'essentiel, je voulais agacer tes amis.

— Pour ça, tu as magistralement réussi ton coup, raille Louise. Jamais plus ils ne t'adresseront la parole.

— Je ne veux pas que mon vote alimente des

cancans. Comme je t'ai dit, c'est un sujet qui relève de la vie privée.

— Comment t'y prendras-tu pour agacer mes amis, si je ne leur dis rien ?

— Je les ai agacés en glissant mon bulletin dans l'urne. Je ne veux pas en prime exulter devant eux. La nation a besoin d'avancer. De guérir.

— Tu peux te faire embaucher dans une maison de retraite, au salaire minimum. Histoire de remplacer tous les Européens de l'Est qu'on a perdus.

— Je suis prêt à faire ma part. Mais je risque de n'être pas bon à grand-chose en ce qui concerne la mort. Ou les maladies. Ou les problèmes de plomberie.

— Mais pourquoi tu ne m'as pas tout simplement demandé… »

Tom sonne à la porte.

« Très bien, tranche Louise. On va parler du Brexit. On va y consacrer la séance entière. Cinquante minutes.

— Ça me va. Et Matthew ? Il a voté pour ou contre ?

— À ton avis ? »

L'interphone bourdonne, et ils poussent la porte.

TROISIÈME SEMAINE

Syrie

Le pub est désert, à l'exception d'un seul client – l'homme du couple qui précède Tom et Louise chez Kenyon. Il regarde fixement le comptoir. Sa pinte est intacte.

Tom entre, un journal sous le bras. Il s'approche du comptoir, et reconnaît le dépressif. Il détourne les yeux, puis regarde de nouveau l'homme, qui le dévisage d'un air inexpressif. Tom hoche la tête, puis la barmaid vient prendre sa commande.

« Une pinte de London Pride, s'il vous plaît, dit Tom. Et un sachet de cacahuètes. »

Pendant que la fille tire sa bière, Tom ne quitte pas l'homme des yeux. Il se creuse la tête pour trouver un truc à lui dire. Il ouvre la bouche ; se ravise. Engager une conversation serait déplacé, il en est conscient.

« Comment ça va ? » demande-t-il.

Le dépressif le regarde.

« Moi ? »

Tom se mord les doigts.

« Pardon, je vous adressais juste un… un petit signe cordial.

— Un petit signe cordial ? répète l'homme d'un ton cinglant.

— Oui, comme quand on salue quelqu'un que le hasard a placé au même endroit au même moment. "Comment va ?" Ça ne va pas chercher plus loin. »

Tom se fend d'un signe de tête très ostensible, puis recommence, avec plus de retenue cette fois. L'homme le dévisage comme s'il avait affaire à un demeuré. La barmaid apporte à Tom sa pinte et ses cacahuètes.

« Quatre livres, s'il vous plaît », annonce-t-elle.

Tom décide de relancer la conversation.

« Un petit verre ni vu ni connu avant que la patronne rapplique, dit-il, et il ponctue d'un haussement de sourcils conspiratif.

— En voilà un gars courageux », raille l'homme.

Tom est blessé. Il embarque sa pinte et ses cacahuètes à leur table habituelle. Louise arrive, avise Tom, le rejoint. Remarque l'absence de verre en face de sa chaise.

« Un verre de blanc, s'il te plaît, dit-elle. Sec.

— Oh, pardon, ça m'est sorti de l'esprit. J'ai été troublé. Tu as vu qui est assis là-bas ? »

Louise tourne la tête vers le comptoir.

« Oh, le mari battu. »

Tom y va d'un haussement de sourcils éloquent.

« Il a claqué la porte avant la fin.

— Mince alors.

— Je ne peux pas aller te chercher à boire, cela dit.

— Et pourquoi ?

— J'ai voulu lui parler, et ça ne s'est pas bien passé. Pas question que j'y retourne.

— Mais de quoi tu lui as parlé ?

— Je ne cherchais pas à entamer une vraie conversation. Je lui ai juste fait un petit signe de tête.

— Pourquoi ?

— J'ai l'impression de le connaître. C'est vachement intime de regarder quelqu'un pleurer.

— Et se prendre un gnon par sa femme.

— J'ai failli y faire allusion, confesse Tom.

— Quelle idée !

— C'est que… eh bien, il a laissé entendre que mon comportement manquait de virilité.

— Ton hochement de tête était ambigu ?

— Ah ! C'est la première conclusion que tu en tires, pas vrai ? Tu ne te demandes pas si sa réaction était irrationnelle. Ou s'il se comportait, lui, en gros con macho. Non. Pour toi, c'est forcément que mon hochement de tête était ambigu.

— Comment expliquer sa réaction, sinon ? Pour un simple hochement de tête.

— Je voulais faire… je ne sais pas. Un clin d'œil. Un petit signe de tête, avec des mots.

— Un clin d'œil ambigu, donc ? Qu'as-tu dit, au juste ?

— Rien de bien méchant. Genre, “Ah, enfin, une bonne petite pinte.”

— Je ne vois pas l'ambiguïté.

— C'est ce que je croyais.

— À moins que le problème ne soit venu de “Ah”. Peut-être y avait-il une note un peu… efféminée ?

— Ce n’était pas ce genre de “Ah”. Plutôt… »

Tom lâche un long soupir d’aise, celui d’un homme assoiffé auquel on sert une pinte.

« Tu as raison, fait Louise. Zéro ambiguïté.

— C’est bien ce que je me disais.

— Et de toute façon, c’est lui le pleurnicheur.

— Pleurnicheur ? Tu y vas un peu fort. Tu as pleuré toi aussi, la semaine dernière.

— Oui, à cause du Brexit. Pas à cause de l’état déplorable de notre couple.

— Enfin, bon, tu ne pleurais pas à cause du Brexit lui-même. Mais parce que j’ai voté pour. Donc, quelque part, tu pleurais bien à cause de l’état déplorable de notre couple.

— Je pleurais surtout parce que je travaille à la NHS et que la moitié de mon équipe est européenne.

— N’oublie pas : Kenyon nous a interdit d’aborder le sujet avant notre séance d’aujourd’hui.

— Je pleurais aussi parce que tu n’étais pas franc à ce sujet.

— C’est un sujet d’ordre privé.

— La vie privée et le mensonge, ce sont deux choses différentes. »

Tom fait une grimace qui laisse entendre qu’il y a là motif à débat.

« Quoi qu’il en soit, arrêtons-nous là sur le Brexit, dit-il. Souviens-toi de ce qu’a dit Kenyon. Et je persiste à penser que nous sommes mieux lotis que ces deux-là.

— Tu ne peux pas comparer les relations à deux comme ça, proteste Louise. Tu ne peux pas regarder un couple que tu ne connais même pas et décréter : “Nous, au moins, on n’est pas comme eux.”

— C’est pourtant ce que je fais.

— Et que tu sois heureux ou malheureux n’affecte pas ton jugement ?

— Du tout. Mon bonheur dépend entièrement du fait que d’autres sont plus malheureux que moi.

— Tu n’es pas du tout du genre à sauter du lit, le matin, tout à la joie de ne pas vivre en Syrie. Tu es malheureux comme les pierres. Pas une seule fois tu ne t’es dit que tu es mieux loti qu’un autre. »

Tom jette un œil par la vitre de la devanture.

« La voilà. »

La femme émerge de la maison de Kenyon.

« Elle est en pleurs. »

Ils se regardent. Même Louise est contente.

« Elle vient par là ! s’exclame Tom. Il va y avoir du spectacle.

— Arrête de les mater. »

Tom se lève. Il veut se rapprocher de l’action, subitement.

« Tu veux un verre ?

— Non, répond Louise. Rassieds-toi. »

La femme pousse la porte du pub, marche vers son partenaire accoudé au comptoir. Elle lui prend la main, l’oblige à descendre de son tabouret, et l’entraîne dans la rue. Tom et Louise observent la scène à travers la vitre, captivés. La femme s’adresse à son partenaire. Qui la dévisage… puis l’embrasse passionnément. Ce baiser semble interminable, et plus il s’éternise, plus Tom et Louise s’assombrissent.

« Bon, fait Louise. Voilà la Syrie. »

Le couple s'écarte, sans se quitter des yeux, puis recommence à s'embrasser.

« Tu imagines ? dit Tom. À leur âge ?

— Comment ça, “à leur âge” ? Ils sont plus jeunes que nous.

— Tu crois ?

— On dirait. Lui, du moins. Il est plus jeune que toi.

— Merci. Bref. Reste qu'ils sont assez vieux pour faire preuve de plus de discernement. »

Il consulte sa montre.

« Tu as encore le temps de boire un verre, si ça te dit.

— Attends une seconde, répond Louise. C'est important. “Assez vieux pour faire preuve de plus de discernement.” Tu pourrais développer ? Ils s'embrassent.

— En public, complète Tom avec dédain.

— C'est la passion qui parle.

— Alors, que font-ils en thérapie ? »

Louise le dévisage.

« Eh bien, quoi ? lance Tom.

— Tu te rends compte de ce que tu dis ? »

Tom réfléchit.

« Je m'en rends compte maintenant.

— Ça craint, non ?

— Je vois bien ce qui te fait dire ça.

— Tu suggères qu'on a épuisé toute passion entre nous ?

— Pour moi, la passion, ce n'est pas… comme le pétrole. Ce n'est pas un gisement qui arrive un jour à épuisement, mais plutôt un truc… qu'on égare. Un trousseau de clés, par exemple. Ou ce stylo-bille, ajoute-t-il en agitant celui qu'il a utilisé pour faire ses mots croisés.

— Des clés, ça se retrouve. Les stylos, non. Alors j'aimerais bien savoir si la passion est un trousseau de clés, ou un stylo. »

Tom ne dit rien.

« Clés ? Ou stylo-bille ? »

Tom reste silencieux, et Louise s'énerve.

« Réponds-moi. Clés ou stylo-bille ?

— À ce stade, si je dis le mot "stylo-bille", notre mariage prendra un virage menaçant et funeste.

— En ce cas, ne le dis pas.

— Je mise tous mes espoirs sur le trousseau de clés. Bien sûr. Les clés – c'est mon postulat de départ.

— Mais clés ou stylo-bille, ils sont perdus.

— Égarés.

— Pour toujours, dans le cas d'un stylo.

— Des clés, on les cherche davantage, n'est-ce pas ? Du coup, on les retrouve. Les stylos, ça s'abandonne n'importe où. Tu pourrais en avoir laissé un sous le lit de Matthew.

— Était-ce indispensable ?

— C'était un exemple. Si tu avais laissé un stylo-bille sous le lit de Matthew, tu ne serais pas nécessairement retournée le chercher.

— STOP ! Ça suffit. On arrête avec les stylos-bille. »

Tom repose le sien. Devant le pub, le couple s'éloigne, main dans la main.

« Regarde, dit Louise. Ils partent se réconcilier sur l'oreiller.

— Ça ne résoudra pas leurs problèmes.

— Peut-être. Mais ils vont passer une meilleure soirée que nous.

— Qui sait ? On va peut-être faire une avancée capitale avec Kenyon.

— Il faudrait que l'avancée soit une dispute, observe Louise. Dispute pendant la séance, et réconciliation sur l'oreiller à la maison. On se défendait bien, autrefois, question disputes et réconciliations sur l'oreiller.

— Oui, c'était à qui gueulerait le plus fort, renchérit Tom avec nostalgie.

— On s'est disputés au sujet du Brexit.

— Mais on a fait l'impasse sur la réconciliation. Une baise post-Brexit, on pourrait faire ça ?

— Non. J'ai voté contre, et toi pour. Et je t'en veux à mort.

— On pourrait trouver un terrain d'entente.

— Ben voyons. On trouve un "terrain d'entente", on se serre la main, et on baise à s'en faire exploser la cervelle.

— C'est tout le problème. On suivait notre petit bonhomme de chemin, jusqu'à ce que tu commences à coucher avec un autre. Je préfère ignorer la dernière partie de ta remarque.

— Pourquoi ?

— C'était… de la vulgarité gratuite.

— Vraiment ? Beaucoup d'hommes aimeraient entendre leur femme parler de "baiser à s'en faire exploser la cervelle". »

Tom regarde autour de lui, angoissé par la crudité des propos, mais Louise est lancée :

« Ça suggère qu'il reste un souffle de vie dans le couple. Ce dont on peut douter, à t'entendre. “Petit bonhomme de chemin.” “Terrain d'entente.” “À l'amiable.” À quoi ça rime d'être marié, s'il n'y a plus ni sexe, ni sentiments, ni passion, ni rien ? Tu aurais pu parader avec un T-shirt EXIT bien avant que quiconque ait l'idée d'un référendum. Exit l'Europe. Exit le sexe. Exit le travail. Le couple, la vie, les amis : exit, exit, exit. »

Tom consulte sa montre.

« On ferait mieux d'y aller. On est en retard. »

Il se lève. Louise le regarde.

« C'est tout ce que tu as à dire ?

— Ben, oui. Tu as bien résumé ma situation. Concernant le travail, cela ne relève pas d'un choix, mais… »

Louise se lève. Ils quittent le pub et se dirigent vers le passage piéton.

« Tu sais ce qui cloche ? demande Louise tandis qu'ils attendent que le feu passe au vert. On a vieilli différemment. Pour moi, avoir quarante ans ou trente, ça ne change rien – on doit juste aller plus souvent à la gym. Toi, tu penses que quarante-quatre ans ou soixante-cinq, c'est du pareil au même. Tes enfants sont juste plus jeunes. Ce n'est pas terminé ! Rien n'est fini ! Où est ta combativité ? »

Elle lui donne une bourrade, assez énergique.

« Aïe ! Pour quoi dois-je me battre ?

— “N'entre pas sans violence dans cette bonne nuit.” Et la nuit n'est même pas encore tombée, bon

Dieu ! Ce n'est même pas l'heure du thé ! Bats-toi pour ta vie. Bats-toi pour ton couple. Pour le travail. Bats-toi pour être moins malheureux. »

Le feu passe au vert. Tom s'engage sur la chaussée, l'air contrit. Le conducteur de la voiture en tête de file les observe et se marre.

« BATS-TOI, putain. »

Louise pousse Tom une fois de plus, dans le dos. Il trébuche, et tombe. Il amortit la chute avec son avant-bras.

« Oh, merde », fait Louise.

Tom reste allongé au sol, sonné.

« Je crois que je me suis cassé le poignet. »

QUATRIÈME SEMAINE

Plâtre

Tom a pris place à leur table habituelle, à côté de la devanture. Un journal est ouvert devant lui, il tient une pinte dans une main. Son autre bras est enveloppé d'un plâtre barbouillé de signatures et de dessins. Louise entre dans le pub, repère Tom, et lève les yeux au ciel.

« Un plâtre – carrément ? lance-t-elle. Alors que ton bras n'a rien du tout ? »

Tom ne répond pas.

« Où l'as-tu fait faire, d'ailleurs ?

— On peut en acheter sur Internet.

— Et qui a signé ?

— Les enfants.

— Il y a beaucoup de signatures.

— Ouais. Ça les a occupés pendant des heures. Ils inventaient des noms, et s'entraînaient à faire différentes signatures. C'était presque un exercice éducatif.

— Tu es un père merveilleux. Ils seront capables de contrefaire les nôtres, maintenant. Si tu l'as acheté en ligne, c'est que tu n'as pas décidé ça sur un coup de tête.

— Livraison sous vingt-quatre heures.
— Tu as donc prémédité ça hier.
— Ouais. Enfin, avant-hier.
— Donc, il y a deux jours de ça, tu t'inquiétais de ce que tu allais dire à Kenyon au sujet de ton bras.
— On lui a dit, la semaine dernière, que je me l'étais cassé, et en fait non !
— Elle sera soulagée de l'apprendre.
— On lui a fait faux bond à cause de ça !
— Dis-lui juste que tu avais un vilain hématome.
— C'est le cas.
— Montre-le-lui.
— C'est un hématome interne. »
Louise soupire.
« Kenyon doit avoir l'impression d'être le Premier ministre, dit-elle. Il y a un plan d'action et un objectif définis, mais elle passe son temps à lutter contre des incendies. Tu prends la poudre d'escampette, tu te casses la figure, tu racontes t'être cassé le bras… Jamais on n'arrive à aborder les vrais problèmes conjugaux. Je vais lui dire que ton plâtre est factice, et tu le sais, n'est-ce pas ? »
Tom est atterré.
« Quoi ?
— Pourquoi je le lui cacherais ?
— Tu me balancerais ?
— Ce n'est pas une enquête de police. C'est une thérapie conjugale. On fait le choix d'y aller et de dire la vérité. À quoi bon, sinon ?
— Rien ne nous oblige à dire la vérité sur tout. Si j'avais… une MST, par exemple. Tu voudrais lui en parler ?

— Et comment, vu que ce n'est pas moi qui te l'ai refilée !

— Pas encore.

— Charmant.

— Je remets juste les pendules à l'heure. Qui est allé voir ailleurs ? Pas moi.

— Et puis, si je t'avais refilé une MST, alors oui, on devrait absolument en parler. Ce serait un gros problème.

— Une MST était un mauvais exemple. Supposons que, je ne sais pas comment, je me sois fait mal au pénis. Tu voudrais lui en parler ?

— Si tu le souhaitais, oui.

— Ce ne serait pas le cas.

— Supposons que ton pénis n'ait rien, mais que tu prétendes le contraire devant Kenyon.

— Pourquoi ferais-je un truc pareil ?

— Pourquoi porterais-tu un plâtre factice au bras ? Où est la différence ?

— Pourquoi ? Mais parce que je ne lui ai pas dit que je m'étais cassé le pénis !

— Un pénis ne peut pas se casser.

— J'en suis parfaitement conscient. Je lui ai dit que je m'étais cassé le bras. Je pense que c'est un moment décisif, pour nous.

— Développe.

— Tu dois choisir : tu es avec moi ? Ou contre moi ?

— Je refuse de jouer à ce jeu-là.

— Ce n'est pas un jeu, rétorque Tom. Nous sommes un couple, oui ou non ? Nous deux contre le monde entier ? Oui ou non ?

— Nous deux contre le monde entier ? répète Louise avec dédain.

— Pour moi, le mariage, c'est ça.

— Tu viens de l'inventer. À cause du plâtre. Et les enfants ? Quelle place ont-ils, dans cette histoire ?

— Je suis contre eux, la plupart du temps.

— Eh bien, pas moi.

— Bon, d'accord : nous quatre contre le reste du monde.

— On parle de la famille, alors, pas du couple.

— Tu sais bien ce que je veux dire.

— Je n'ai jamais eu le sentiment que c'était nous deux contre le monde entier. »

Tom ouvre les mains devant lui, comme si Louise venait de lui donner raison.

« Bien, on progresse, dit-il.

— En quoi le monde nous a-t-il nui ? Nous ne sommes pas vraiment Roméo et Juliette.

— Vas-y. Enfonce-toi encore.

— En quoi est-ce s'enfoncer de dire que l'on n'est pas Roméo et Juliette ?

— Ta remarque manque de romantisme.

— Si je te suis bien, tu nous fantasmes comme deux ados éperdus d'amour, victimes de rivalités familiales ?

— On n'est plus des adolescents, c'est évident. Reste notre différence d'âge.

— Quatre ans.

— Et la dualité arts/science. C'est un peu l'antagonisme entre Montaigu et Capulet remis au goût du jour. L'effluve est subtil, discret, mais bien là. Oh, comment ça peut marcher, entre eux ? Elle médecin, et lui critique musical ?

— Un, il n'y a pas d'antagonisme qui tienne, riposte Louise. Et deux, il te faudrait plus qu'un effluve. Entre les Montaigu et les Capulet, ça s'est réglé à coups de poignard. Ils ne faisaient pas dans le subtil.

— Je te l'accorde. On n'a pas eu besoin de sortir les poignards. Mais la pression familiale était là. Ma mère ne voulait pas que je t'épouse.

— Elle m'a mise en garde contre toi.

— C'est moi qu'elle a mis en garde contre toi.

— Elle m'a dit que j'étais trop bien pour toi, que tu n'étais qu'un bon à rien, et que je finirais par te quitter, rapporte Louise. Et toi ? Elle t'a dit quoi ?

— Exactement la même chose.

— Que tu étais trop bien pour moi ?

— Ha ha ha, fait Tom sans joie. Tu as rencontré ma mère ? Non, bien sûr. Là où je veux en venir, c'est que je l'ai envoyée paître, et que je t'ai épousée quand même. Nous deux contre le monde entier.

— Nous deux contre ta mère, en tous les cas. Le reste du monde a réagi avec plaisir, ou avec une complète indifférence.

— Dirais-tu, en toute honnêteté, que tu es dans mon camp ?

— Oui, évidemment. Déjà, je te soutiens financièrement. C'est ça, l'esprit d'équipe, non ?

— Quel coup bas.

— Assumer que tu soutiens quelqu'un est un coup bas ? J'ai envie que tu réussisses. Je me fais du souci pour toi. Je… bon, je t'aime.

— “Bon” ? Comment ça, “bon” ? Quelle fonction il a, ce “bon” ?

— C’était juste une marque… d’hésitation.

— Pourquoi as-tu hésité ?

— Ce n’est pas interdit. Ça arrive, d’hésiter.

— Oui, au restaurant, quand tu ne sais pas quoi commander. Pas quand tu dis à quelqu’un que tu l’aimes.

— Aimer, c’est autre chose que choisir une pizza, non ?

— Quand tu as seize ans. Plus quand tu es mariée.

— Tu sais pourquoi on hésite, à seize ans ? Par peur de passer pour une idiote. Pas parce que… bon…

— Et ça recommence ! Bon par-ci, bon par-là. Ce mot devient dangereux à vitesse grand V.

— Pas parce qu’on doute, termine Louise.

— Tu as des doutes ?

— Pas toi ?

— Non.

— Tu mens. Comment pourrais-tu ne pas en avoir ? Tu ne veux plus coucher avec moi, on passe la moitié du temps à se disputer, tu sembles plus heureux avec d’autres personnes qu’avec moi. »

Tom hausse les épaules.

« Je suppose que mon… hésitation indiquait que “malgré tout” je t’aime.

— “Malgré tout”.

— Oui.

— Fantastique.

— Franchement, ça devrait te faire plaisir. Tu as de la chance qu’il reste encore quelque chose.

— Je peux te poser une question : que ressentirais-tu si je te quittais pour quelqu'un d'autre ? »

Louise s'accorde un temps de réflexion.

« Bon…

— Tu remets ça ! Génial.

— Tu ne supportes pas une conversation réfléchie, n'est-ce pas ?

— Je remarque juste que tu ne m'as pas demandé pas si j'avais rencontré quelqu'un.

— Tu as rencontré quelqu'un ? » demande Louise d'un ton las.

Tom prend tout son temps pour répondre.

« Bon… dit-il.

— Très drôle.

— Je n'ai pas droit à l'hésitation ?

— Soit tu as rencontré quelqu'un, soit pas. Et je ne crois pas que ce soit le cas.

— Il existe toutes sortes de zones grises.

— Du genre ?

— Les rencontres en ligne.

— Tu sais que les rencontres en ligne supposent de sortir de chez soi à moment donné, n'est-ce pas ?

— Pas du tout », assène Tom. D'un ton moins péremptoire, il ajoute : « Ah bon ? Je pensais que tout se passait sur Internet.

— Tu échanges en ligne avec quelqu'un et, ensuite, vous convenez d'un rendez-vous. À ma connaissance, tu n'as pas eu l'ombre d'un rencard.

— Tu ne sais pas ce que je fais de mes journées.

— Certes, mais dans le cas d'un rencard en journée, on ne serait plus trop dans une zone grise, n’est-ce pas ? Tu aurais rencontré quelqu’un, point barre. Tu voudrais rencontrer quelqu’un ?

— Non, pas vraiment. Où cela nous mènerait-il ? Par curiosité ?

— Tu tâtes le terrain pour une relation de couple non exclusive ?

— Bon Dieu, non ! À moins que ce ne soit ce que tu veux.

— Ce n’est pas ce que je veux. Si tu rencontrais quelqu’un, tu briserais ce couple pour aller en former un nouveau.

— Tu ferais ça, toi ?

— J’imagine que c’est le fantasme, non ?

— Ah bon ?

— Oui, après quelques années de mariage, tout… se gâte un peu. Tu le sais très bien. Le fantasme, c’est qu’un beau jour ton partenaire t’annonce qu’il a rencontré quelqu’un d’autre, et qu’il quitte le domicile conjugal.

— Je ne pense pas que ce soit un fantasme universel.

— Bien sûr que si. Crois-moi. Ce n’est pas le tien ?

— Bon…

— Je vais me satisfaire de cette réponse, dit Louise.

— Est-ce que je peux garder mon plâtre ?

— Pff. Si ça te fait plaisir.

— Merci. »

Tom jette un œil à sa montre.

« Merde. »

Il vide son verre cul sec et se lève.

« On est en retard. »

Louise se lève à son tour et ils se dirigent vers la porte, mais ils tombent nez à nez avec Giles et Anna, d'anciens voisins qui ont déménagé pour se rapprocher de meilleures écoles.

« Bonjour, les amis, dit Giles.

— Oh, salut, répond Louise, qui, comme Tom, s'est légèrement empourprée.

— Comment ça va ? »

Puis Giles remarque le plâtre de Tom.

« Ah, mince !

— Eh oui, fait Tom. Foutus snowboards. »

Louise lui décoche un regard.

« Vous avez fait du snowboard ? s'étonne Anna. Où ça ?

— Oh… un peu partout, élude Tom.

— On ne vous a pas vus depuis une éternité, reprend Anna.

— Vous avez le temps de boire un verre ? propose Giles.

— Non, répond Louise.

— Pas même un petit, rapido ? insiste Giles.

— Non, hélas, confirme Tom. Une autre fois.

— Vous n'allez pas au cinéma, par hasard ? demande Anna.

— Eh bien, si, justement, dit Tom, reconnaissant.

— Alors tout va bien, il n'y a pas le feu. On vient de vérifier les horaires, et ça ne commence pas avant vingt minutes. La séance, pas le film.

— Bon à savoir, dit Tom. Il a eu d'excellentes critiques.

— Oui, sauf qu'on hésite toujours à leur faire confiance, n'est-ce pas ? observe Giles.

— C'est sûr, mais je le sens bien, ce film. Un collègue de Louise en a dit le plus grand bien.

— En fait, on ne va pas au cinéma, lâche Louise.

— Exact », confirme Tom.

Un ange passe.

« Ah, fait Giles. Et à part ça, comment ça va ?

— Bien, bien, répond Tom. Écoutez, on a un rendez-vous…

— On aimerait beaucoup vous revoir. Ça vous dirait de venir dîner ? On pourrait aussi se retrouver à mi-chemin dans un restaurant ? propose Anna.

— Avec plaisir, répond Louise.

— On a plein de choses à se raconter, dit Anna.

— Oui. Super », dit Louise.

Elle fait un pas vers la porte.

« Je vois que vous êtes pressés, donc… dit Giles en haussant les épaules.

— On doit vous paraître très mal élevés, mais il y a une bonne raison à ça, dit Louise.

— Thérapie conjugale, précise Tom. Vous savez comment sont les psys. Ils n'aiment pas les retardataires.

— Oh non ! » se désole Anna avec une petite grimace compatissante.

Tom s'efforce de lui retourner sa grimace.

« Si, hélas, dit-il. Une petite incartade. Pas de mon fait. Mais peu importe. »

Il se fend d'un hochement de tête et pousse la porte. Louise, qui n'a pas bougé, le regarde passer devant elle.

Quand elle le rejoint sur le trottoir, elle est furax.

« Tu peux m'expliquer ce qui t'a pris ?

— Désolé. J'ai paniqué. Je ne savais pas comment me dépêtrer de la conversation.

— Je n'en reviens pas que tu aies fait ça.

— Ouais. Moi non plus.

— Et tu vas balancer ce fichu plâtre ! »

Louise traverse la rue sans attendre Tom. Celui-ci lui emboîte le pas, puis repère une benne à ordures. Il s'arrête, retire son plâtre et le jette dans la benne. Il s'attarde un instant, se demandant s'il a pris la bonne décision, puis il accélère pour rattraper Louise.

CINQUIÈME SEMAINE

Pente normale

Tom et Louise sont au pub, assis face à face à leur table habituelle, devant leurs boissons de prédilection. Louise examine Tom d'un regard inquisiteur.

« Comment vas-tu ? »

Tom hausse les épaules.

« Ça va. Tu as pensé à mes affaires ?

— Ah. Oui. »

Louise se penche sous la table et sort de sa sacoche de travail plusieurs vêtements, qu'elle entasse sur la table.

« Deux paires de chaussettes, deux caleçons, deux T-shirts. »

Tom la dévisage, consterné, puis jette des regards nerveux alentour.

« Tu n'as pas apporté de sac ?

— Non, j'étais pressée. Tu as appelé à 8 h 20, ce qui, tu t'en souviens peut-être de l'époque où tu partageais la vie de cette famille, est un créneau pour le moins animé. J'ai foncé chercher les affaires dans ta commode, et j'ai tout fourré dans ma sacoche.

— Et j'en fais quoi, maintenant ?

— Pour l'instant, je les remets dans ma sacoche, répond Louise en joignant le geste à parole. On te trouvera un sac plastique plus tard. Au fait, ajoute-t-elle, ton tiroir du haut fait peine à voir.

— C'est quoi, son problème ?

— Depuis quand n'as-tu pas acheté un caleçon ?

— Je ne porte pas de caleçon. »

Louise lève les yeux au ciel.

« Ou de sous-vêtements ?

— Je ne travaille plus depuis un an.

— Depuis treize mois, donc.

— Je ne sais plus.

— Tu sais que tu as accès à un compte joint. Si je vois passer un règlement de cinquante livres au Marks & Spencer, je ne vais pas piquer une crise.

— Cinquante livres ! C'est ce que coûte un slip, aujourd'hui ?

— Non, soupire Louise. Je suis en train de te suggérer d'en acheter plusieurs.

— On peut changer de sujet ? Qu'est-ce que tu as dit aux enfants, concernant mon départ de la maison ?

— Rien.

— Rien ?

— Rien... de précis, développe Louise en choisissant prudemment ses mots.

— Et eux, qu'ont-ils dit ? »

Louise secoue la tête.

« Rien ? Je ne suis plus là et ils n'ont rien remarqué ?

— S'ils demandent où tu es, je leur répondrai que tu es dans une autre pièce. Au lit, ou dans la chambre d'amis, en train d'écouter de la musique. Que tu es au pub.

— Au pub ? Je n'y vais jamais.

— Je sais. Mais je pense que l'idée leur plairait. Le pub, ça fait papa.

— Alors là… Waou.

— Tu tables sur une absence de quelle durée ?

— Aucune idée.

— Rien ne t'oblige à faire ça. Personne ne t'a demandé de partir.

— On venait de passer quelques jours assez éprouvants.

— La faute à ce fichu plâtre. Tout a commencé à cause de lui.

— La semaine dernière, quand tu as raconté à Kenyon que j'avais balancé le plâtre dans une benne à ordures, j'ai trouvé que tu franchissais une ligne.

— C'était drôle. Elle a ri.

— Oui, elle a ri. Et toi aussi. J'étais extrêmement blessé. Retirer ce plâtre était un geste de bonne volonté de ma part ! Le premier pas sur la très longue route qui mène à l'harmonie conjugale.

— Retirer un plâtre d'un bras qui n'était pas cassé nous a simplement ramenés à la case départ. Tu restes un homme qui a de graves problèmes conjugaux, et deux bras valides.

— Je voulais montrer que la vérité a de la valeur, à mes yeux.

— Quand on est tombés sur Anna et Giles, dit Louise en désignant du menton la porte du pub, c'est aussi par amour de la vérité que tu as évoqué devant eux une "petite incartade" ?

— Une petite incartade. Tout à fait. Je minimisais l'affaire. Encore un geste de ma part, se défend Tom. Je reconnais qu'ensuite j'ai pu dépasser les bornes, et de là, tout a un peu dérapé.

— Je te demande pardon pour certaines choses que j'ai dites.

— Certains coups étaient en dessous de la ceinture.

— N'est-ce pas inévitable ? Ce n'est pas ton visage que j'ai envie de cogner.

— J'aurais cru que tu aurais à cœur d'encourager tout élément d'anatomie situé en dessous de la ceinture, pas de les rendre inutilisables.

— Oui, je suis désolée. Mais on parle ici par métaphore. Dans la réalité, je n'ai rien attenté contre ton intégrité physique.

— Les métaphores dans les couilles, ça peut faire aussi mal qu'un coup de pied.

— Tu pousses un peu, non ? »

Tom hausse les épaules, comme pour signaler qu'ils vont devoir accepter une divergence d'opinions. Chacun boit une gorgée de son verre.

« Partir de la maison, c'est s'engager sur une pente glissante, remarque Louise. Ça pourrait être dur de la remonter.

— C'est la définition même d'une pente glissante.

— Tu es en train de me dire que tu ne pourras peut-être pas la remonter ? Que tu es peut-être parti pour de bon ?

— J'ai dit ça, moi ?

— Tu viens de dire qu'il était impossible de remonter une pente glissante.

— Je soulignais juste une redondance. Je n'annonçais pas la fin de notre mariage.

— C'est une pente non glissante, donc ?

— Tout à fait, confirme Tom. Une pente normale, que je peux descendre ou gravir à loisir. Sans glisser. Juste au prix d'un effort physique.

— À cause de l'inclinaison.

— C'est ça.

— Mais il y a autre chose. Tu n'es plus aussi agile qu'autrefois.

— J'ai simplement besoin de quelques jours pour réfléchir.

— Où loges-tu, au fait ?

— Pourquoi as-tu besoin de le savoir ?

— Eh bien… connaître l'adresse de son mari relève des informations potentiellement utiles à une épouse.

— Mon portable reste allumé jour et nuit, en cas d'urgence.

— Ce n'est pas de pouvoir te joindre qui m'inquiète. Mais de savoir comment tu es installé.

— Tout confort.

— S'il te plaît, ne me dis pas que tu es chez ta mère.

— Non.

— Ouf.

— Ça n'a pas marché.

— Tom ! Bordel !

— C'était une mauvaise idée.

— Qui aurait pu s'en douter ? Où loges-tu, alors ?

— Dans un endroit où je dispose d'un lit, et d'un

accès à une bouilloire. C'est tout ce que tu as besoin de savoir.

— Pourquoi tant de mystères ?

— Peut-être parce que c'est ce qui manque à notre couple. Entretenir le mystère, n'est-ce pas le conseil qu'on trouve dans toutes les rubriques psycho ?

— Je pense qu'ils te conseillent de fermer la porte des toilettes quand tu vas pisser, pas de taire ton adresse à ta partenaire de longue date.

— Qu'est-ce qu'on va raconter à Kenyon ?

— Parce que tu veux lui raconter quelque chose, maintenant ? »

Tom semble soulagé.

« Ah, merci. Je ne pensais pas que j'aurais le choix. À charge de revanche.

— C'était un sarcasme. Putain, Tom ! Tu crois vraiment qu'on va lui cacher que, depuis notre dernière séance, tu as quitté le domicile familial ?

— On est obligés de partager toute notre intimité avec cette bonne femme ? de laver tout notre linge sale dans sa laverie ? Je ne veux pas qu'elle pense qu'elle n'arrive à rien avec nous. Ça me semble inutilement cruel.

— Elle n'en mourra pas, j'en suis sûre. » Louise boit une gorgée de vin, et reprend : « À quoi as-tu besoin de réfléchir ? »

Tom semble perplexe.

« Pardon ?

— Tu as dit que tu avais besoin de quelques jours pour réfléchir.

— Ah. Ouais.

— Donc, dis-moi.
— Eh bien… à tout, franchement.
— C'est-à-dire, “tout” ?
— Le mariage, répond Tom d'un ton évasif. Le, le…
— Et où t'ont conduit tes deux jours de réflexion ?
— Tu me prends au dépourvu, là. À quoi as-tu pensé, toi, pendant ces deux jours ?
— C'est moi qui te posais la question.
— Je souligne juste que ce n'est pas facile d'établir une liste.
— Ce n'est pas moi qui suis partie pour réfléchir.
— Je pense beaucoup à ton ami Matthew.
— Oh, fait Louise, circonspecte. Et tu en penses quoi ?
— Que c'est un salaud, et que j'ai envie de le tuer. Voilà ce que je pense. En boucle.
— Et tu trouves ça constructif ?
— Ça marche pour moi. J'ai cherché des infos sur lui, sur Google.
— Comment tu connais son nom de famille ?
— Je suis tombé sur un e-mail.
— Oh.
— Je suis aussi allé sur sa page Facebook. Il a un petit faible pour la bière, non ?
— Non.
— Pour les tourtes, alors. J'ai été surpris. Il n'a pas l'air d'être ton genre. Sous ce maillot de foot qu'il porte sur sa photo de profil… on dirait qu'il a un ballon au niveau de l'estomac.
— Euh… il n'est pas gros. À mon avis, tu t'es trompé de personne. Matthew est quelqu'un de

sérieux. Je ne l'imagine pas avoir un compte Facebook, et encore moins un maillot de foot.

— Ça m'a l'air d'un sacré boute-en-train, dis donc ! Pourquoi tu as arrêté ? de le voir ?

— Parce que c'était mal, et que ça me rendait malheureuse.

— Et si jamais je ne revenais pas à la maison ? Ça recommencerait ?

— Je ne pense pas.

— Pourquoi ?

— Cet interrogatoire ne mène à rien.

— Pourquoi ?

— Parce que… Que me demandes-tu, au juste ? Que veux-tu savoir ? »

Tom réfléchit.

« Je veux savoir si tu renouerais avec Matthew. Au cas où on se séparerait.

— Ça, j'avais compris. Mais c'est quoi, la vraie question ? »

Tom réfléchit, encore plus longtemps cette fois.

« Est-ce que tu recommencerais à voir Matthew ? Si… on n'était plus mari et femme.

— Tu ne fais que répéter la même question.

— Parce que c'est ça que je veux savoir. En quoi ça t'étonne ?

— La seule chose que tu as besoin de savoir, c'est que je ne le reverrai pas si on ne se sépare pas.

— Ce que tu peux être brutale !

— En quoi est-ce brutal ? Je pensais que ce serait une consolation.

— Une consolation ? Ça devrait me consoler que

tu te jettes dans les bras de Matthew à la seconde où je passe la porte ?

— Qu'est-ce que ça peut te faire, si tu n'es plus là ?

— Tu vois, c'est la différence entre nous. Et c'est la faute de ton métier.

— Mon métier ? Quel rapport ?

— Il est brutal. "Je suis navrée, Mrs. Thompson, vous souffrez d'un cancer, mais vu que vous avez quatre-vingt-dix ans, nous ne pouvons rien pour vous. Au revoir." »

Louise le dévisage avec incrédulité.

« Tu penses sincèrement que c'est ce que je fais toute la journée ? »

Et comme Tom hausse les épaules, elle enchaîne : « Que peux-tu savoir de mon travail ? Tu ne me poses jamais de questions.

— Parce que je ne veux pas savoir. Trop déprimant. Qui a envie de passer ses journées à scruter les parties intimes de vieillards ? C'est le pire boulot au monde. Ça me fout le cafard.

— J'examine rarement leurs parties intimes. Leurs problèmes ne se situent pas là, en général. »

Louise marque une pause, puis reprend, un cran plus fort : « Sans compter qu'elles ne sont plus bonnes à grand-chose. Car c'est ce qui se passe. Elles se racornissent, et deviennent inutiles. »

Tom lance des regards autour de lui tout en se trémoussant sur sa chaise, mais Louise est lancée :

« Et c'est ce qui nous arrive en ce moment. Pendant que nous parlons. Tu sais l'ironie de tout ça ? Je travaille avec des personnes âgées, alors que toi tu as consacré toute ta vie professionnelle à écrire sur la pop music. À penser à des jeunes, en d'autres termes. À leurs concerts, à leur premier album, leurs drogues, et que sais-je encore. Leurs fans.

— Leurs fans ? As-tu jamais lu une ligne de ce que j'ai écrit ?

— Et je ne suis pas certaine que cela t'ait servi. Tu passes tes journées à la maison, à traîner en peignoir. Et je dois t'apporter des slips propres.

— Décide-toi. J'ai quel âge ? Huit ans, ou quatre-vingts ?

— Difficile de trancher. Mais tu n'as pas quarante-quatre ans, c'est sûr. Tu es dans la force de l'âge. Et tu en fais quoi ? Tu sais quel est le vrai problème, quand tu n'as plus de vie sexuelle ?

— Je vois bien que ça rend grognon.

— Cela t'oblige à tout réévaluer. Quand tu vis avec quelqu'un et que tu couches avec, tu te dis : *Normal, on est mariés.* Non, en fait, tu ne te dis même pas ça. Tu ne te dis rien du tout. Tu vis ta vie telle qu'elle se présente. Mais dès qu'on retire le sexe de l'équation, ta vie se résume à… vivre sous le même toit qu'un type qui râle beaucoup et se moque de mes lectures de chevet. Franchement, c'est à se demander ce qu'il fait au lit avec moi.

— J'essaie juste de t'encourager à diversifier tes centres d'intérêt. Il ne doit plus rester beaucoup de bonnes femmes à assassiner en Scandinavie, non ?

— Tu ne comprends pas ? Le sexe est ce qui te distingue de toutes les autres personnes dans ma vie.

— De presque toutes, en tout cas. »

Louise lui décoche un regard froid.

« On devrait y aller », dit-elle.

Ils terminent leur verre cul sec et se lèvent.

« Je suis désolé, dit Tom tandis qu'ils patientent au passage piéton.

— Merci. Moi aussi.

— Je ne savais pas que c'était à ce point important pour toi.

— Ah bon ?

— Écoute. Et si je revenais à la maison, après notre séance ? On pourrait, je ne sais pas… tenter le coup, si ça te dit… »

Le feu passe au vert. Ils traversent. Louise n'a pas répondu.

« Je l'ai sans doute très mal dit, reprend Tom.

— Effectivement. "Tenter le coup, si ça te dit…", c'est…

— Nul. Je sais.

— Et non, ça ne me dit pas.

— Oh. D'accord. Donc… ça nous laisse où ?

— Je n'en sais rien, Tom. Mais à moins que quelqu'un ici ne se décide à faire un effort…

— Et ce "quelqu'un" c'est moi, je présume ? »

Louise sonne à la porte de la thérapeute sans répondre à sa question.

SIXIÈME SEMAINE

Nigel et Naomi

Louise arrive la première au pub. Elle commande à boire et se dirige vers leur table. Tom entre à son tour. Il porte une veste, avec une chemise. Il s'est rasé et il est allé chez le coiffeur. Avant de remarquer Louise, il se touche nerveusement les cheveux.

Ils s'attablent.

« Salut », lance Tom avec un sourire.

Louise se fend d'une petite grimace, comme si cette décontraction était incongrue. Et Louise n'a pas tort – dans le contexte de leur dynamique habituelle, elle l'est.

« Bonjour, répond-elle.

— Tu as passé une bonne journée ?

— Oh, tu sais… »

Tom se penche vers Louise et accroche son regard.

« Non, justement. »

Louise est troublée.

« Eh bien, quoi ?

— Rien. J'attendais juste une réponse à ma question.

— J'ai une sale tête ?
— Non. Tu as bonne mine.
— Okay, je vois. S'il te plaît, arrête, tout de suite.
— Arrêter quoi ? de te dire que tu as bonne mine ?
— Ça, le regard inquisiteur, le sourire, ce… cet accoutrement.
— Quel "accoutrement" ? Je ne suis pas déguisé, que je sache.
— L'effet est plus ou moins le même.
— Je fais des efforts.
— Je vois ça. Continue si tu veux, mais dans une autre direction.
— Donne-moi des pistes.
— Par exemple, le texto que tu m'as envoyé ce matin…
— Ah, fait Tom. Je dois creuser ce sillon-là ?
— Non, pas du tout.
— Qu'est-ce que tu reproches à mon message ?
— Il était flippant.
— "Impatient d'être à ce soir" ? Celui-là ? C'est flippant, ça ?
— Oui.
— Merde alors.
— On sent que tu fais des efforts.
— J'en fais.
— Eh bien… abstiens-toi.
— Si je venais de te rencontrer, je ferais des efforts.
— Certes, mais ce n'est pas le cas. Étais-tu vraiment impatient de me voir ?
— Oui.

— Je ne te crois pas.

— J'en conclus que, toi, tu n'étais pas impatiente ?

— Je t'ai vu hier.

— Hier, on était avec les enfants. On n'a pas eu l'occasion de bavarder.

— Pour se donner des nouvelles ? lance Louise, sarcastique.

— Si tu veux.

— On est très loin d'un nouveau départ, non ? Tu échanges les dernières nouvelles avec quelqu'un que tu connais de longue date. Et c'est ce qu'on fera, à l'avenir, si on poursuit notre vie chacun de notre côté. "Quoi de neuf ?" "Les enfants vont bien ?" "Tu aurais des photos réussies de la remise des diplômes ?" "Enchantée de vous rencontrer, Naomi."

— Qui est Naomi ?

— Ou Jenny. Ou Jackie. Ou qui sais-je. Ta nouvelle compagne.

— Et tout ça ne te rend pas un peu malade ?

— Pas spécialement. Si on doit se séparer, j'aimerais que tout le monde s'entende bien.

— Ce "tout le monde" inclut ton nouveau partenaire, je présume. Russell, ou Nigel, ou Colin.

— Oh, merci bien.

— Ce ne sont que quelques exemples de prénoms.

— Des prénoms franchement nuls.

— Qui ne les empêcheraient pas d'être des types bien. Tu ne bouderais pas Russell Crowe. Ou Colin Firth. Ou Nigel… Kennedy.

— Nigel Kennedy ?

— Nigel… de Jong, si tu préfères.

— Qui est-ce ?

— Le joueur néerlandais qui aurait dû être expulsé pendant la finale de la Coupe du monde. Pour avoir mis une semelle à un joueur espagnol en plein thorax. » Du doigt, Tom désigne sa propre poitrine. « C'était un sacré tour de force.

— Tu me le vends mal, ton Nigel.

— Je suis sûr qu'il n'est pas comme ça, à la maison.

— Qu'importe. Ce n'est pas ces types que tu avais en tête. Mais des responsables d'agence bancaire au fin fond de la campagne.

— Banquier de campagne n'a rien d'un métier honteux. Et ce serait tout bénéf' d'en avoir un dans la famille. Vu comme je suis solvable, tu ne devrais peut-être pas trop faire la fine bouche.

— On peut ne pas parler de mon prochain compagnon ?

— Parlons de ma compagne, en ce cas. Que fait-elle dans la vie, Naomi ?

— Naomi… Mm, je ne vois pas.

— Choisis-en-moi une autre, alors. Jenny. Que fait Jenny ?

— Elle vient d'ouvrir un coffee-shop. »

Tom fait une mimique, comme pour dire : *Pas mal. Je le sens bien.*

« Tu vas travailler là-bas chaque jour, tu finis par lier connaissance et… bon, on connaît la suite de l'histoire.

— Oui, enfin, on l'anticipe, nuance Tom. C'est

de l'histoire spéculative. Un nouveau genre littéraire.

— Ah, et elle adore les enfants, mais elle a raté le coche, à force de s'accrocher à un type qui n'arrivait pas à se décider. Maintenant, c'est trop tard.

— Pourquoi ça ?

— Parce qu'elle a passé l'âge. »

Tom secoue la tête

« Non, non, non. Pas question que tu me refourgues la Vieille Jenny.

— Tu es bien avancé dans ta cinquième décennie.

— Moi, peut-être. Mais pas Jenny. »

Louise éclate de rire.

« Les hommes d'un certain âge se tirent toujours avec des femmes plus jeunes, se justifie Tom. Rod Stewart. Mick Jagger. Rupert Murdoch. Nelson Mandela.

— Et qu'ont-ils de plus que toi ?

— La question est plutôt : qu'est-ce que j'ai de plus qu'eux ? Je suis plus jeune que tous ces types-là. »

Louise lui décoche un regard.

« Si je peux me permettre, tu t'aventures sur un terrain hasardeux.

— Oui, je m'en rends compte.

— Parce ce que si vous avez des enfants, encore que… mais peu importe. Admettons que vous en avez. Tu t'en sortirais avec une partie de foot dans le jardin, mais pour le reste…

— Question nouvelles technologies, je serais

certainement plus calé que Rupert Murdoch. Lui ne saurait pas quoi faire de Spotify.

— Il aurait du personnel pour ça.

— Il n'aurait pas le droit de s'appuyer sur eux, pour une battle.

— Pas faux.

— Et au tennis, je n'en ferais qu'une bouchée. J'ai l'avantage de la taille, et de l'âge.

— Tu devrais lui lancer un défi. Réglons ça une bonne fois pour toutes. Si tu lui expliquais qu'il te faut lui mettre une raclée au tennis afin de prouver que tu peux prétendre à une jeunette en secondes noces, je suis sûre qu'il accepterait de te rendre ce service.

— Et je pourrais, par la même occasion, lui demander s'il a déjà entendu parler de Stormzy. Histoire d'enfoncer le clou.

— Oh, il est sûrement incollable sur Stormzy.

— Et comment ?

— Parce qu'il a des gosses. Une épouse beaucoup plus jeune que lui. Qu'il possède plusieurs tabloïds, et quelques chaînes de télé.

— Encore une fois, il ne serait pas autorisé à consulter des tiers. Dis, on ne serait pas en train de perdre de vue notre sujet ?

— À savoir ?

— Ne devrions-nous pas parler de ce mariage-ci, plutôt que de ceux que nous réserve l'avenir ? ou de Rupert Murdoch ?

— Il me semble que moins on parle de notre mariage, plus ça nous rend heureux.

— Étrange, n'est-ce pas ?

— Pas vraiment. Un couple dysfonctionnel, c'est déprimant et chronophage. Imaginer un avenir avec Jenny du salon de thé et Nigel le banquier est plutôt libérateur.

— Mais tu peux toujours faire ça. Imaginer un avenir plus facile que celui qui te pend au nez.

— La vie en solo est-elle aussi marrante que tu l'imaginais ? lui demande Louise.

— Marrante ? Je n'ai jamais pensé qu'elle le serait.

— À d'autres ! Quel adulte ayant des enfants et un conjoint ne rêve pas d'un appartement nu et sans désordre ? d'un tapis blanc qui ne serait pas constellé de taches de Coca ? d'un grand lit tout à soi, d'une télécommande qui n'est pas rafistolée avec de l'adhésif, de tiroirs qui ne débordent pas de cochonneries…

— On pourrait essayer de faire quelque chose, pour les tiroirs…

— … de toilettes sans traces jaunes ou pire, vu que personne ne relève jamais la lunette, ni n'utilise la brosse ? d'un couloir qui ne servirait pas de dépotoir à baskets, et à bicyclettes que personne ne se donne la peine de réparer ? de portes qu'on pourrait verrouiller parce que la clé est à sa place, dans la serrure ? d'un air ambiant qui ne sentirait pas le pet ? pet qui, dans l'éventualité improbable où il m'en échapperait un, ne provoquerait pas des hurlements de rire ? Ah, et le silence… Que j'aimerais vivre dans un environnement silencieux ! Pas de hip-hop qui sort de la salle de bains. Personne qui engueule une Xbox…

— J'ai arrêté de faire ça, maintenant que j'ai fait des progrès à *Call of Duty*.

— Personne pour se plaindre de la qualité du signal wi-fi, comme si j'avais pris un abonnement au rabais, pas de vomi de chat à nettoyer… »

Tom est distrait par quelque chose qu'il a aperçu par la vitre de la devanture.

« Oh, oh. Un nouveau couple. »

Deux septuagénaires, un homme et une femme, émergent de chez Kenyon.

« Nom de Dieu, dit Louise. À quoi bon ? Si on a encore des problèmes à leur âge… Enfin non, ça ne sera pas le cas. Je serai partie depuis un bail.

— Peut-être qu'au contraire c'est le bon moment pour le faire.

— Pourquoi ?

— Ben, mourir seul, tout ça… Les enjeux sont de taille.

— Tu penses à ça ?

— En ce moment, je vis dans un squat avec trois étudiants en communication. Évidemment que ça me trotte dans la tête, de mourir seul.

— Tu ne m'avais pas dit que c'était un squat ! Oh, Tom.

— On peut voir ça plus tard ? Je trouve qu'on parle d'un truc important, là. Des gens qui vont mourir seuls, tu en vois sûrement tout le temps.

— Pour la plupart, ils mourront à l'hôpital. Entourés par d'adorables infirmières polonaises. Toi, tu n'auras même pas droit à ça.

— Et pourquoi pas ?

— Parce que tu as voté pour qu'on vire toutes les

infirmières polonaises du pays, lui rappelle Louise. Et pourquoi t'inquiètes-tu uniquement pour toi ? Et moi, alors ?

— Ça n'a pas l'air de t'inquiéter plus que ça. Et puis, le souci, ce n'est pas vraiment la mort en soi, n'est-ce pas ? C'est l'année ou les deux années qui précèdent. »

Louise lève son verre.

« Aux crises cardiaques.

— Ou aux accidents de la route, dit Tom en l'imitant.

— Tu as déjà fait un "pacte bébé" avec quelqu'un ?

— Je ne crois pas, répond Tom prudemment.

— J'en avais fait un, avec Neil. À l'époque, on était tous les deux célibataires. On était convenus que si nous n'avions toujours pas de partenaire à trente-cinq ans, on ferait un bébé ensemble.

— Par la voie normale ?

— Oui, par la voie normale.

— Avec Neil Parker ? Ton vieux copain de fac ?

— Lui-même.

— Tu étais prête à coucher avec Neil Parker ?

— Pour tomber enceinte.

— En voilà un autre qui sort du bois. Putain de merde.

— Non ! C'est toute la différence ! C'était un dernier recours !

— Foutu Neil Parker, gronde Tom d'un air sombre.

— Écoute, oublie le volet sexe. Voilà ce que je te propose : on fait un pacte de mort, au lieu d'un pacte bébé. Si jamais il apparaît qu'on risque de mourir chacun seul dans son coin, on réemménage ensemble. Ou on s'installe dans la même maison de retraite. Tu vois l'idée.

— Fantastique. Cette semaine, au moins, on peut se présenter chez Kenyon avec un truc positif dans notre besace. Un pacte de mort.

— C'est positif, je trouve. Ça prouve une certaine bienveillance.

— Ce n'est pas de la bienveillance que j'espérais, en achetant une chemise et en allant chez le coiffeur.

— Qu'espérais-tu ? »

Tom hausse les épaules, en signe d'impuissance. Louise jette un œil à sa montre, termine son verre et se lève. Tom l'imite.

« Comment les nouveaux départs sont-ils possibles ? demande Louise. Quand on est ensemble depuis longtemps, qu'on a des gosses, et qu'on se tape sur les nerfs depuis des années ? Mais si l'autre arrête de te taper sur les nerfs, c'est qu'il n'est plus lui-même.

— Mon texto, c'était moi qui ne suis plus moi.

— Exactement. »

Ils se dirigent vers la porte.

« Donc, je dois rester tel que je suis.

— Oui.

— Tout en étant différent d'une certaine façon.

— Tu parles d'un casse-tête. »

Ils marchent jusqu'au passage clouté.

« Je peux te poser une question ? demande Tom.

— Bien sûr.

— Le coffee-shop de Jenny… C'est une affaire qui marche, tu crois ? »

Il est sérieux. Il veut savoir. Et Louise prend la question au sérieux.

« C'est encore un peu tôt pour le dire, mais les signes sont encourageants, répond-elle. Pas mal de mères du quartier ont commencé à venir, et le bouche à oreille fonctionne.

— Alors, il me faudra sans doute trouver un autre endroit pour bosser.

— C'est possible.

— Nigel n'a pas besoin d'être responsable d'agence bancaire, tu sais.

— Parfait. C'est le truc le plus généreux que tu m'aies jamais dit. »

Ils sont arrivés devant la porte. Louise sonne, et le moment d'harmonie est préservé.

SEPTIÈME SEMAINE

Call the Midwife

Tom est assis à leur table habituelle, avec sa pinte et des mots croisés. Le verre de Louise n'attend qu'elle. La grille de mots croisés a été imprimée sur une feuille A4, qui a absorbé par endroits un reste d'humidité sur la table. Tom bute sur une des définitions et lâche un juron.

« Putain de truc. »

Louise pénètre dans le pub, va vers lui, s'assied, et boit une rasade de vin blanc.

« Ah, j'en avais bien besoin. »

Pas de réponse.

Elle pousse un soupir d'épuisement. Tout indique qu'elle a eu une journée difficile, mais Tom ne réagit pas aux signaux.

Louise désigne du menton la grille de mots croisés.

« Qui est le verbicruciste, aujourd'hui ? demande-t-elle.

— Arachne.

— Vous avez l'air de bien vous entendre, tous les deux.

— Pas trop mal. Sauf que je déteste remplir une grille sur une feuille volante. Soit ça se mouille, soit on sent des bosses en dessous.

— Pourquoi l'as-tu imprimée ? Pourquoi ne pas la remplir directement dans le journal ?

— Parce que c'est toi qui as le journal.

— Tu te fiches de moi ?

— Tu sais pertinemment que c'est toi qui l'as.

— Pourquoi n'en as-tu pas acheté un autre ?

— Tu sais qu'il coûte deux livres, maintenant, n'est-ce pas ? Ça ferait quatre livres par jour.

— Faux, parce que nous sommes séparés. On ne vit plus ensemble. À ce train, tu pourrais aussi bien additionner tout l'argent que tes amis dépensent pour acheter le *Guardian*, et arriver à un total de cinquante livres par jour.

— Ça irait plutôt chercher dans les six livres, corrige Tom d'un air lugubre.

— Oh, s'il te plaît. Tu as des centaines d'amis. Tu en as beaucoup, je veux dire. Mais on s'éloigne du sujet. Tu as de quoi t'acheter un journal.

— Ça semble un grand pas à franchir.

— Vraiment pas, non.

— Comme si j'étais déterminé à quitter mon foyer.

— Que dirais-tu de ça : tu reviens, et tu fais l'économie d'un deuxième journal ?

— Bon Dieu ! Je parlais juste des mots croisés, et nous y revoilà. Tu n'en as donc pas marre, de notre couple ?

— Si ! Si ! J'en ai marre ! Ras le bol ! Mais comment s'en sortir, si tu te plains de ne pas pouvoir t'acheter un journal ?

— Je ne me plaignais pas. J'ai juste dit que c'était un pas que je n'étais pas prêt à franchir.

— Un pas symbolique ?

— Si ça te fait plaisir.

— Non. Ça ne me fait pas plaisir. Je préférerais que tu t'achètes un journal, rétorque Louise. Ce que je veux dire, c'est que, depuis mon arrivée, tu parles de nous par le truchement des mots croisés.

— Parce que j'ai dit que je n'aime pas remplir les grilles sur du A4 ?

— Le sous-texte, ça te dit quelque chose ?

— Tu y lis beaucoup trop de choses, dans le sous-texte. Comme ma mère me disait quand j'essayais de lui parler de Bob Dylan.

— Et elle avait raison ou tort ?

— Elle avait tort à l'époque, et moi j'ai raison maintenant. Parfois, une grille de mots croisés n'est rien qu'une grille de mots croisés. Et si le papier est humide, ça me gêne pour écrire.

— La conversation aurait pu prendre une tout autre direction.

— Par exemple ?

— Tu aurais pu ne pas mentionner le papier humide, dit Louise.

— C'est clair que je me serais abstenu, si j'avais su que me plaindre du papier humide… et de ces petites aspérités sur le plateau de la table…

— Oh, crois-moi, je sais que la plainte n'a rien de frivole…

— Si j'avais su que me plaindre du papier humide…

— Et des petites aspérités…

— … allait se transformer en scène d'ouverture d'un film de Bergman.

— Reprenons tout depuis le début. »

À la grande perplexité de Tom, Louise se lève et repart. Il patiente un instant puis, ne la voyant pas revenir, il reporte son attention sur les mots croisés. Il a cessé de surveiller la porte du pub quand Louise la pousse et revient s'asseoir. Elle prend son verre de vin, boit une nouvelle rasade.

« Ah, j'en avais bien besoin. »

Tom sourit d'un air absent. Louise soupire ostensiblement. Soudain, Tom trouve une solution, essaie de l'inscrire dans les cases et s'agace aussitôt parce que le stylo-bille accroche sur le papier humide et grumeleux.

« Putain de truc.

— Je n'y crois pas !

— Quoi ? J'ai déjà merdé ?

— Oui !

— Comment ?

— Je voulais que tu me demandes comment s'est passée ma journée.

— Comment étais-je censé le savoir ?

— Eh bien, primo, parce que c'est une façon fréquente d'engager la conversation, non ? Dans un couple ? "Salut. Comment s'est passée ta journée ?"

— Pigé.

— Et secundo, je t'ai envoyé tous ces signaux : la rasade de vin, le soupir, et… bon. Laisse tomber. Ton comportement nous ramène en deux secondes au problème du journal en double exemplaire. »

Elle secoue la tête.

« Quel genre de journée as-tu passé ? lance Tom.

— Trop tard. Tu as loupé le coche. As-tu remarqué qu'on est capables de parler uniquement de ce qui vient juste de se passer ?

— Ce n'est pas vrai.

— On commence à parler, l'un de nous deux fait une remarque malheureuse, et celle-ci va monopoliser le restant de la conversation.

— Ouais. C'est la même chanson à chaque séance de thérapie.

— Exactement. En ressortant, on est au même point qu'avant d'y aller.

— Voire un peu plus en arrière, en général.

— Que s'est-il passé la semaine dernière ? demande Louise.

— Je ne sais plus. Nous avions eu cette conversation au sujet des prénoms de nos nouveaux compagnons, qui nous avait bien amusés…

— Kenyon nous a demandé comment s'était passée notre semaine…

— Elle nous demande toujours ça…

— Et ensuite ?

— On s'est disputés à propos du coût des soins vétérinaires pour le chat, non ? Ou bien c'était la semaine d'avant ?

— Oui, la semaine d'avant, confirme Louise. Ah, ça me revient ! On a parlé de *Call the Midwife* !

— Oh là là – oui.

— Ça ne nous a pas amenés bien loin, n'est-ce pas ?

— J'ai trouvé ça utile.

— En quel sens ?

— Parce qu'elle t'a interrompue à deux ou trois

reprises pour me laisser aller au bout de ma phrase. Tu ne me laissais jamais terminer mes phrases, avant. Cela nous a appris la vraie valeur du conseil conjugal et des espaces sûrs.

— Je t'interromps uniquement quand tu parles de *Call the Midwife*. Parce que ton mépris est sans fond. Tu sais que j'aime bien regarder cette série. Ça me détend.

— C'est là que le bât blesse. »

Louise lâche un rire incrédule.

« Pardon ?

— Oui. Pourquoi es-tu incapable de te détendre devant un film de Preston Sturges ?

— C'est qui déjà, lui ?

— *Les Voyages de Sullivan*, répond Tom avec impatience.

— Je peux te faire un aveu ?

— Dans les limites du raisonnable.

— Je ne suis pas fan des films en noir et blanc. Je vois bien en quoi ce sont de bons films, certains, du moins, mais je leur trouve un petit côté… pensum. »

Tom est estomaqué.

« *Assurance sur la mort* ?

— Oui.

— *Le Faucon maltais* ?

— Oui. »

Tom réfléchit.

« *Jules et Jim* ?

— Oui ! Et tu peux réciter la liste complète des films en noir et blanc, j'ai bien peur de répondre oui chaque fois.

— Oh, mon Dieu. J'étais à mille lieues de m'en douter.

— Je suis désolée mais, tu vois… je ne suis pas critique de cinéma. J'aime ce que j'aime.

— "J'aime ce que j'aime." Jamais je n'aurais pensé vivre un jour avec quelqu'un capable de dire ça – et de le penser. »

Il secoue la tête.

« Un mariage, c'est comme un ordinateur. Voilà le problème. On peut toujours le démonter pour explorer l'intérieur, mais quand on se retrouve avec des milliers de pièces détachées, on n'est pas plus avancé. »

Louise acquiesce d'un soupir affligé, mais refuse de se laisser abattre.

« J'ai une idée : on remet les grosses pièces en place, on bazarde les petites, on referme le tout, et on passe à autre chose ?

— Ça ne fonctionnera plus.

— Peut-être, mais ça ressemblera encore à un ordinateur.

— C'est ce que tu veux ? Un mariage qui ressemble à un mariage ? Même s'il ne fonctionne pas ?

— Ce serait un début. Pour l'heure, j'ai un mari qui ne couche pas avec moi et qui habite carrément ailleurs. Autant raconter à tout le monde que je suis mariée à Brad Pitt.

— Ouais, eh bien, bonne chance pour le convaincre de regarder *Call the Midwife*.

— Il n'aurait pas besoin de le regarder. Il lui suffirait de ne pas rabâcher qu'il déteste cette série.

— J'ai dû la regarder, moi.

— Une fois. Et uniquement parce que tu la démolissais sans l'avoir vue.

— Donc, il lui faudrait regarder au moins un épisode.

— Et je suis sûre qu'il respecterait mon plaisir, et ne ferait pas semblant de vomir tout du long.

— On s'égare, une fois de plus.

— Cherchons ensemble quelques solutions de mots croisés, avant d'y aller. C'est toujours bon pour le moral. »

Elle déplace sa chaise pour s'asseoir à côté de Tom.

« Regarde, dit-elle. 27 horizontal : "Partie de cricket néfaste à l'harmonie conjugale." Test-match.

— Elle était facile, celle-là. Je n'avais pas vu.

— N'oublie pas que le but, c'est de renforcer l'esprit d'équipe, pas de marquer des points. 16 horizontal. "D'une visite de la capitale de Russie à une couche commune."

— Tu fais exprès de choisir les définitions qui parlent du mariage ?

— Non ! Et "couche commune" ne dit pas forcément mariage. Comme nous le savons. Mais bon, prenons-en une autre. 1 horizontal : "Partenaire louche lésant son complice." Ignore le mot "partenaire".

— Je ne peux pas l'ignorer. C'est une définition de mots croisés.

— Ça commence par un G et se termine par un N.

— *Gredin.* »

Louise prend le stylo et remplit les cases.

« Ah, peste-t-elle. C'est agaçant, ce papier humide et ces aspérités. »

Tom lui décoche un regard.

« Et si on traçait une feuille de route pour la séance d'aujourd'hui ? lance-t-elle. Ça nous éviterait de nous écharper d'entrée de jeu à propos d'un truc sans intérêt. Quelles grosses pièces veut-on replacer dans l'ordinateur ? Si tant est qu'il y ait des grosses pièces…

— Il y en a forcément. La batterie, et… les valves. Pas les puces. Trop petites. Je sortirai peut-être la batterie demain, puisqu'elle est morte. Et je l'emporterai après avoir dîné avec les enfants.

— Tu n'as rien de mieux à faire de ton temps ?

— Pas spécialement.

— Je déteste te voir désœuvré.

— Je te remercie.

— Ne le comprends pas mal… Je compatis. Mais c'est gênant, aussi.

— Ah.

— Et ça nous tire tous les deux vers le bas. Pardon, mais, si on ne se dit pas les choses sans détour, à quoi bon ? Tu as commencé à travailler sur cette biographie ?

— Je poursuis mes recherches. Il faudrait que j'aille au Cap-Vert, je crois.

— C'est de là qu'est originaire ton gars ? Comment s'appelle-t-il, déjà ?

— Horace Silver.

— Je croyais que tu t'étais arrêté sur quelqu'un d'autre, finalement.

— Il s'est avéré que je n'avais rien arrêté du tout.

— Donc Horace venait du Cap-Vert ?

— Non. Son père.

— Et tu vas aller au Cap-Vert parce que son père était né là-bas ? Tu vas vendre combien d'exemplaires de ce livre ?

— Pas assez pour couvrir le coût du billet d'avion, c'est sûr. Donc, oui, c'est un projet inutile et cher. Je n'irai probablement pas au Cap-Vert. Je n'écrirai probablement même pas le livre. Je ne sais pas pourquoi je raconte toutes ces conneries.

— Pour t'insuffler de l'espoir. C'est compréhensible.

— De l'espoir ? Je ne suis pas certain qu'il y en ait beaucoup. Le monde a changé. Plus personne ne veut de journalistes musicaux. Les piges ne sont pas rémunérées. L'époque est passée à autre chose. Je suis dans la même situation qu'un mineur, ou un maréchal-ferrant. Est-ce gênant de vivre avec un maréchal-ferrant au chômage ?

— Tu n'y es pour rien.

— Un peu quand même. Je suis diplômé de littérature anglaise, mais l'enseignement, très peu pour moi, n'est-ce pas ? Prof, ce n'était pas assez bien à mes yeux. Il me fallait courir après les drogues à l'œil et les voyages tous frais payés à L.A.

— Oui. Inexplicable.

— J'aurais dû regarder plus loin que le bout du mon nez.

— Tu n'aurais pas vu arriver Internet pour autant. De même que les voitures ont pris de cours les maréchaux-ferrants.

— Oh, eux, ils auraient dû les voir arriver, maugrée Tom. Ce n'était qu'une question de temps.

— Ce qui revient à dire que tu es plus malin qu'un maréchal-ferrant ?

— Pas à proprement parler. Mais ça me plaît de penser que si mon père avait été maréchal-ferrant, et s'il m'avait tanné pour prendre la relève, je lui aurais dit : "Non, papa. Ce métier n'a plus d'avenir."

— D'accord. Et qu'aurais-tu fait, à la place ?

— Je ne sais pas. De la pub. Des relations publiques. De quelle année parlons-nous ? Et de quelle région d'Angleterre ?

— À ta place, je serais partie voir ailleurs.

— Si tu réussis à me prouver que tu es plus maligne qu'un maréchal-ferrant, tu crois que ça va nous mener loin sur la route de l'harmonie conjugale ?

— J'essayais juste de me défendre.

— Faux. Tu attaquais les maréchaux-ferrants en leur reprochant d'avoir fait le mauvais choix.

— Que veux-tu ? Je prends mon plaisir où je le trouve. Et attaquer les maréchaux-ferrants est à peu près tout ce qui me reste. »

Louise soupire.

« Tu penses qu'on devrait laisser tomber nos séances avec Kenyon, c'est ça ?

— Oui. Oui. Évidemment. Je me dis ça chaque semaine. Pas toi ? On régresse. Tu l'as toi-même reconnu. »

Tom avise le couple âgé qui sort de chez Kenyon. L'homme se déplace avec beaucoup de difficultés. Il lui faut marquer une pause au milieu de la chaussée.

« Son état ne va pas en s'arrangeant, hein ?

— Kenyon est conseillère conjugale, pas gourou de fitness. »

Tom et Louise observent le couple qui entre dans le pub. Ils le fixent sans vergogne – presque avec grossièreté. La femme désigne une table libre et l'homme va y prendre place en traînant péniblement des pieds. La femme se retourne vers Tom et Louise et leur sourit.

« Comment ça se passe, pour vous ? » demande-t-elle.

Tom est médusé.

« Pardon ?

— Avec Kenyon. Nous n'avons pas pu nous empêcher de remarquer que vous sonniez chez elle, la semaine dernière.

— Waou, lâche Tom. C'est un peu… C'est censé relever de la vie privée, vous savez. »

Louise sourit.

« Nous vous avons observés sortir de chez elle, dit-elle.

— Parle pour toi, proteste Tom. Je ne m'intéresse pas à la vie privée d'autrui.

— Nous la trouvons très bonne, reprend la femme. Nous la consultons par intermittence depuis des années. Ça demande du temps, c'est tout. Il faut passer à travers toutes les blessures, les critiques, les petites mesquineries. Mais vous êtes jeunes. Vous avez la vie devant vous. Quelle chance ! Enfin, bref. Bonne chance. »

Elle croise les doigts et gagne le comptoir. Tom

la regarde s'éloigner. Louise rassemble ses affaires et se lève.

« C'était plutôt mignon, tu ne trouves pas ? demande-t-elle une fois sur le trottoir. C'est comme dans un film. Une vieille femme donne un bon conseil à un couple plus jeune, et sauve leur mariage.

— C'est un film en couleurs, ça, si j'en crois mon expérience. Peu importe. Tu as entendu ce qu'elle a dit ? Des années et des années. De blessures, de critiques, de mesquineries.

— On pourra peut-être accélérer la cadence, hasarde Louise.

— Au rythme où on va, j'en doute. Si on continue de buter sur *Call the Midwife*, les feuilles A4 et tout ça, dans cinquante ans on y est encore.

— Prenons le taureau par les cornes, dans ce cas.

— Ça veut dire quoi ?

— On se dit nos quatre vérités.

— Sans sous-texte ?

— Sans sous-texte. »

Tom se retrousse démonstrativement les manches. « D'accord. Envoie. »

HUITIÈME SEMAINE

Dauphins

Tom est au comptoir, en train de commander leurs consommations habituelles. Louise est installée sur le canapé, car leur table attitrée n'était pas libre. Tom ne l'a pas remarquée. Elle a déjà commandé un verre de blanc et une pinte de bitter. Elle est pimpante : rouge à lèvres, pull au décolleté plongeant – c'est elle qui fait un effort, aujourd'hui. Quand Tom se dirige avec les consommations vers leur table, elle lui fait signe. Il la rejoint, s'assied, et pose le deuxième verre de vin sur la table.

« Oh. Mince…

— Ne t'inquiète pas. Rien ne m'oblige à boire les deux. Bonjour, ajoute-t-elle gentiment.

— Salut. »

Il la regarde. Elle lui décoche un autre sourire.

« Tu n'as pas commencé… Tu n'as pas un rencard ensuite, n'est-ce pas ?

— Non ! Je me disais juste qu'après la séance de la semaine dernière…

— Quelle séquence, exactement ?

— Quand tu m'as dit que je n'étais pas sexy.

— Je n'ai jamais dit ça.

— Si. Je l'ai réécouté pour en avoir le cœur net.

— Quoi ? Mais comment ?

— J'enregistre les séances.

— Tu déconnes ? Tu enregistres les séances et tu les réécoutes ?

— Oui. J'ai posé mon téléphone sur la table basse avant de débuter notre deuxième séance. Kenyon t'a demandé si tu étais d'accord, et tu as répondu oui.

— Ah. Je vois. J'ai cru qu'elle demandait si je voyais un inconvénient à ce que tu poses ton téléphone sur la table basse.

— La question aurait été bizarre.

— Pas plus bizarre que d'enregistrer les séances. À quel moment les écoutes-tu ?

— C'est pas mal pour promener le chien. Elles sont assez captivantes, pour tout dire.

— Captivantes comme une dramatique de la BBC ?

— Ouais. Sauf qu'elles présentent quelques brèches dans la vraisemblance. Genre, Waou ! Jamais ces deux-là ne seraient ensemble dans la vraie vie !

— Mais c'est là qu'est la beauté de la vraie vie, non ? On s'est mis ensemble.

— Oui, ça ne m'a pas échappé. Et on voit où nous en sommes aujourd'hui. Ce que je veux dire, c'est que, peut-être, ce n'était pas une bonne idée.

— Pas… sur le papier, mais le monde réel est merveilleusement imprévisible. Et aujourd'hui, nous avons deux magnifiques enfants. Tu regrettes qu'ils existent ?

— Bien sûr que non. Mais peut-être aurions-nous dû avoir deux magnifiques enfants chacun de notre côté, avec quelqu'un d'autre.

— Ce qui nous en ferait donc quatre ? Quatre magnifiques enfants, qui n'auraient jamais eu l'occasion de se connaître ? Rien que d'y penser, ça me brise le cœur.

— Qu'est-ce que ça pourrait bien te faire, qu'ils se connaissent ou pas ?

— Ils seraient… des demi-frères, en quelque sorte. »

Louise part d'un rire incrédule.

« Qui dit que ces enfants seraient tous des garçons ? Et ils n'auraient strictement aucun lien de parenté.

— Je pense au contraire qu'ils en auraient un. D'ordre spirituel.

— Si je suis ton raisonnement, nos enfants ont donc un lien de parenté avec ceux de… Comment s'appelle-t-elle déjà ? Ton ex ? Sinead ?

— Bien sûr que non.

— Mais tu aurais pu avoir des enfants avec elle.

— Ça n'a jamais été à l'ordre du jour.

— Tu entres et sors de mondes imaginaires à ta guise pour coller à tes arguments.

— Tout bêtement parce que les enfants que je n'aurais jamais eus avec toi m'inspirent plus d'attachement que ceux que je n'ai pas eus avec elle. Je suis un romantique. Alors vas-y, achève-moi. Qu'est-ce qui nous a réunis, si tout était à ce point improbable ? »

Louise s'accorde un temps de réflexion.

« Le fait que c'était une période de vaches maigres dans ma vie sexuelle », répond-elle.

Tom est effaré.

« C'est tout ?

— Tu m'as demandé ce qui nous a réunis, pas pourquoi nous sommes restés ensemble. Tu avais un plan à long terme, toi, le soir de notre rencontre ?

— Eh bien, oui. Mais le long terme est devenu assez vite du court terme.

— Parce que j'étais trop facile, tu veux dire.

— Agréable, je dirais, plutôt que facile.

— Et donc, pas de plan ?

— Non, pas de plan. Enfin, juste… le même que d'habitude.

— N'est-ce pas comme ça que la plupart des couples se forment ? Ils veulent en finir avec les vaches maigres, et, ensuite, tout leur échappe ?

— Je suppose. Sauf dans le cas où il y a de l'argent en jeu. Cette femme avec des seins énormes, qui a épousé ce milliardaire… Je ne sais pas si la maigreur des vaches la taraudait beaucoup.

— Et Jane dit qu'elle a su qu'elle épouserait Charlie à la seconde où elle l'a vu.

— Il y a aussi les gens qui étaient amis depuis une éternité avant de tomber amoureux.

— Et les mariages arrangés.

— Il n'empêche. Tu l'as dit, des tas de gens commencent par coucher ensemble, et voient à partir de là.

— C'est comme… débuter dans un nouveau boulot. Un jour succède à l'autre, et vingt ans plus tard tu es toujours là. Mais tu ne pouvais pas le savoir le premier jour.

— Non. Sinon, tu te serais tiré une balle. »

Louise lui décoche un regard.

« Dans le cas d'un travail ennuyeux, précise Tom.

— Tu as des souvenirs de la première fois où nous avons couché ensemble ?

— Quelle question ! Évidemment !

— C'est vrai ? Pas moi.

— Moi non plus.

— Je pense qu'il y avait comme un parfum de déception dans l'air, dit Louise.

— J'avais espéré que tu aurais tout oublié.

— Voilà pourquoi je tenais à faire une nouvelle tentative. Je trouvais injuste de te juger sur cette seule fois.

— Pareil pour moi, dit Tom sur la défensive.

— Qu'est-ce que j'avais fait de travers ?

— Tu étais un peu… mollassonne.

— Oh, oui, ça me revient, maintenant.

— Je ne me souviens pas de grand-chose. Sinon que tu étais… dans la moyenne. Un six sur dix. Six et demi, peut-être. Deux tiers, disons. Et moi ?

— Bon. Grosso modo, c'était un refus d'obstacle, non ? Ou un let. Je ne pense pas pouvoir te donner de note.

— On peut refermer ce chapitre ? Il remonte à presque vingt ans. On a fait du chemin, depuis.

— On l'a aussi rebroussé, observe Louise. Comme un yacht de croisière.

— C'est peut-être ça, la trajectoire du sexe

conjugal. On fait le tour des rochers pour voir les phoques, et on rentre à la maison.

— On fait le tour des rochers ? Pour voir les phoques ?

— Ou les dauphins, si tu préfères.

— C'était quand, les années dauphins ?

— Tu as compris ce que je veux dire.

— Pas vraiment, non.

— J'ai souvenir de quelques superproductions en Technicolor, avant la naissance des enfants. Tables de cuisine, j'en passe et des meilleures.

— La table de cuisine étant le dauphin ?

— C'est ça. Et la douche. Et le jardin.

— Tu oublies… Oh. Non. Je me trompe.

— À quoi tu pensais ?

— À rien.

— Tu ne confondrais pas avec quelque chose que tu aurais fait récemment, n'est-ce pas ? Avec ton ami ?

— Non. Bien sûr que non.

— Pourquoi "bien sûr" ?

— Tu veux vraiment remettre ça sur le tapis ?

— Oui et non. Je veux savoir, et en même temps, je suis terrifié.

— C'était juste du sexe. Sans dauphin, ni phoque.

— Ni bandeaux sur les yeux.

— Évidemment ! D'où sort cette question ? Tu as rêvé pendant toutes ces années de me bander les yeux ?

— Non… Pas vraiment.

— Pas vraiment ?

— Pas avec un bandeau à proprement parler.

— Tu peux dessiner le modèle que tu as en tête ? Si ce n'est pas trop compliqué, je vais essayer d'en tricoter un. Si ça peut nous aider. »

Tom boit une gorgée de bière.

« Tu dois t'ennuyer, dit-il, abattu.

— Tu t'ennuies, toi ?

— Toi d'abord.

— La question tombe mal. Je n'ai pas vraiment le loisir de m'ennuyer, en ce moment.

— Et si je t'avais posé la question il y a un an ?

— Tu ne l'as pas fait.

— Donc tu refuses de répondre à des questions hypothétiques ?

— Pourquoi ne pas le dire tout simplement ?

— Quoi donc ?

— On s'ennuyait tous les deux. C'était devenu de moins en moins important pour nous, puis tu as laissé tomber et, à compter de là, tout est parti de travers. »

Tom ne dit rien.

« N'ai-je pas raison ?

— Non.

— Où est-ce que je fais fausse route ?

— Je ne me suis jamais ennuyé. Mais je me suis senti humilié.

— Humilié ?

— Parce que je savais. Je savais que, toi, tu t'ennuyais. Je le sentais. Il y avait des… signes. Et de fil en aiguille, à force de m'être fait si souvent rembarrer, ça me gênait de demander. »

Louise a l'air accablé.

« Je suis désolée. Je croyais savoir où nous mènerait cette conversation.

— Ce n'est naturellement pas ta faute. C'est comme une réaction en chaîne, entre nous. Je m'ennuie, et ça te déteint dessus. Plus je m'ennuie, plus tu t'ennuies aussi. Notre relation sexuelle est un pendule de Newton.

— Et le mouvement finit par s'arrêter », observe Louise avec tristesse.

Tom est sincèrement surpris.

« Ah bon ? Je croyais que l'intérêt était dans la conservation de l'énergie.

— Tu pensais que le mouvement se poursuivait éternellement ?

— Oui. Je croyais que c'était une machine à mouvement perpétuel.

— Pourquoi, en ce cas, tous ceux qu'on voit sont-ils immobiles ?

— Je pensais que les gens en avaient eu marre d'entendre le martèlement des billes, ou qu'ils s'étaient fait virer, qu'ils avaient changé de bureau.

— Tu sais que les machines à mouvement perpétuel n'existent pas, n'est-ce pas ? demande Louise.

— Non, je l'ignorais.

— Si ça existait, tous nos problèmes d'énergie seraient définitivement résolus.

— Explique-moi comment tu fais rouler une bagnole avec un bibelot pour cadre sup' ?

— Ce n'est pas… On s'égare, là. Mais c'est peut-être ce que nous attendons du mariage. Qu'il soit une machine à mouvement perpétuel, qui ne tombe jamais en rade d'énergie. Mais on a des gosses, un crédit, ta mère, mon père, un travail, ou pas de travail… Comment tout ça pourrait-il ne pas nous broyer ? »

Ses yeux commencent à s'embuer.

« Ça va. »

Il lui prend la main et la serre.

« Je ne mérite pas ça, proteste-t-elle.

— Pourquoi ?

— Parce que je t'ai trompé et je t'ai dit, pour me justifier, que je m'ennuyais au lit.

— Oui. Tu as aussi mentionné ma dépression, et le fait que je suis au chômage.

— Oh. Oui. Je suis charmante. S'ennuyer n'est pas la pire chose au monde.

— Mais la vie est longue, et nous n'en sommes qu'à mi-parcours.

— Je la soupçonne de n'être longue que si tu ne l'apprécies pas beaucoup.

— Eh bien, voilà. Je te rends service.

— On parle cinq minutes de notre débâcle sexuelle en cours, et on réussit à caser le mouvement perpétuel et la relativité dans la conversation, remarque Louise.

— Eh oui. Il faut une cervelle bien faite pour se défaire d'un mari comme moi. »

Elle lui sourit tout en cherchant un mouchoir en papier dans son sac. Elle se mouche.

« Aujourd'hui, je veux parler de l'avenir, reprend Tom.

— Très bien.

— Je veux savoir où il est passé.

— Ah.

— Je l'ai perdu de vue. Autrefois, je le voyais droit devant moi, et je marchais vers lui d'un pas décidé, doigt tendu, comme ces travailleurs des affiches de propagande soviétique. Il était brillant, lumineux, plein de, de… Bon, je ne sais pas de quoi il était plein.

— De champs de maïs dorés, d'usines et de tanks ?

— Ouais. Mon équivalent, du moins.

— À savoir ?

— Je ne m'en souviens plus.

— Tu ne te souviens plus de l'avenir ?

— Non. »

Une fois sortis du pub, au moment où Tom et Louise traversent la rue, le couple âgé qui les précède chez la conseillère émerge de l'immeuble.

« Ils ont débordé sur leur temps.

— Le problème vient de qui, selon toi ? Vu qu'ils consultent par intermittence ? »

Ils se rapprochent du couple. Tom les salue d'un signe de tête. L'homme et la femme marchent lentement, lui avec difficulté, elle avec les yeux embués de larmes.

« Oh, fait Louise.

— Quoi ?

— Tu crois que c'est parce qu'il ne va pas fort ?

— Parce qu'il est mourant, tu veux dire ?

— C'est peut-être pour ça qu'ils ont besoin d'aide, maintenant. Tu te souviens de ce qu'elle a dit ? "Vous avez la vie devant vous. Quelle chance."

— Tu parles d'une chance, peste Tom. Kenyon va trouver que, nous, on n'a pas l'ombre d'un problème, par comparaison. Elle va manquer de patience.

— Mais, au moins, ils vont s'en sortir. »

Ils sont arrivés devant la porte de Kenyon.

« C'est ça, l'avenir ? S'en sortir ?

— Je m'en contenterais, répond Louise. C'est l'objectif de tout mariage, non ? Je ne suis pas certaine qu'il y ait grand-chose d'autre. »

Tom sonne et ils attendent en silence.

NEUVIÈME SEMAINE

Sexe post-carcéral

Tom est au pub, assis à leur table habituelle, seul, avec une grille de mots croisés (et un journal). Il respire la bonne humeur. Il est plein d'énergie, il a le regard brillant. Il complète la grille avec une certaine aisance, trouve une solution après l'autre.

« Ouais, ça rentre ! »

Il serre le poing. Louise pousse la porte du pub et cherche Tom des yeux. Elle sourit lorsqu'elle l'aperçoit. Elle va le rejoindre et s'assied.

« Bonjour.

— Bonjour, bonjour », répond-il avec le maximum de lubricité qu'il puisse exprimer.

Louise s'illumine d'un sourire, presque gênée. Quelque chose a changé entre eux.

« Bonne journée ? s'enquiert Tom.

— Mm… oui, pas mauvaise. Disons que… la nuit a beaucoup contribué à me donner la pêche.

— Idem.

— Merci d'avoir demandé. Vraiment. Ce n'est pas un sarcasme, au fait. Merci sincèrement d'avoir demandé. J'ai senti du ressort dans mon pas pour la première fois depuis des mois.

— Bien. Heureux de t'avoir rendu service.

— J'espère que tu n'as pas vu ça comme une obligation, dit Louise d'un air faussement timide.

— Bien sûr que non. Même si, comme tu l'as dit à plusieurs reprises, ça relève du devoir conjugal. »

Louise prend une vive inspiration.

« Efforçons-nous de rester entièrement positifs, dit-elle. Compte tenu de la situation qui est la nôtre, hier soir, nous avons fait un grand pas en avant. On devrait juste fêter ça.

— Tout à fait d'accord. J'ai passé la journée à poster des trucs sur Twitter et Instagram. »

Louise semble prise de panique.

« Sur Instagram ? »

Tom lève les yeux au ciel.

« Oh, fait-elle.

— Je note toutefois que Twitter ne t'aurait posé aucun problème. Est-ce que tu as trouvé ça… bizarre ?

— Toi d'abord.

— Pourquoi devrais-je répondre à ma propre question ?

— D'accord. Mais je veux d'abord te demander quelque chose.

— Sans lien avec la bizarrerie ?

— Lié au sexe, et uniquement de manière incidente à la bizarrerie.

— D'accord.

— Est-ce que c'était… Est-ce que ça t'a plu ?

— Oui. Beaucoup. Oh ! Maintenant, tu vas

répondre à ma question à la lumière de cette information.

— Je ne voulais pas me ridiculiser.

— Comment aurais-tu pu te ridiculiser ?

— Eh bien… Si tu avais répondu : “Non, c’était une totale perte de temps…”

— Une perte de temps ? C’est sûr que j’aurais pu lire Proust, à la place. Mais la remarque vaut pour toutes mes expériences sexuelles, sans exception. J’aurais même pu le lire pendant.

— Une perte de temps, ou n’importe quelle expression exprimant l’insatisfaction.

— Aucune insatisfaction, d’aucune sorte.

— Bref. Le contexte est donc celui d’une expérience sexuelle plus ou moins mutuellement gratifiante.

— Bravo. Tu as trouvé les termes adéquats pour décrire nos ébats amoureux devant une commission d’enquête parlementaire. Continue.

— J’ai la sensation que c’était bizarre.

— Ça l’était, un peu.

— Tu es d’accord, donc ?

— Oui. Ça ne donnait pas l’impression d’être un rapport sexuel conjugal.

— Exactement. Ça m’évoquait plutôt ce que j’imagine être un rapport sexuel de sortie de prison.

— Un rapport sexuel de sortie de prison ? répète Tom. Tout d’abord, qui était en taule ?

— Ben… Toi plus que moi.

— Je ne crois pas qu’on puisse procéder ici par comparaison. Soit tu as fait de la taule, soit tu n’en as pas fait.

— Disons qu'on en a fait tous les deux, sexuellement parlant, mis à part pour mon, mes…
— Ton incartade.
— C'est ça. Et tu devrais savoir qu'elle n'était en aucune façon… Bon, elle n'a pas commué la peine, si tu vois ce que je veux dire.
— Non. Je ne vois pas.
— Si une peine de prison sexuelle est définie par la longueur de l'incarcération… alors ta libération…
— Franchement, je ne vois pas comment définir la prison autrement.
— Quand tu sors d'une prison sexuelle, tu parles de libération sexuelle. »
Le visage de Tom s'éclaire. Il a compris.
« Ah, fait-il, ravi. Et il n'y a pas eu de libération de cette sorte ?
— Non. Il ne s'agissait pas de ça. Et je n'étais pas dans le bon état d'esprit, de toute façon.
— Ha ! Voilà qui donne une tout autre apparence à l'affaire. Et qui m'ôte un sacré poids, si je peux me permettre.
— J'ai couché avec quelqu'un d'autre parce que j'avais le sentiment de perdre pied, je me sentais seule, je ne me sentais pas désirée. »
Ce triste aveu n'entame en rien l'enjouement de Tom.
« Il n'empêche, dit-il. Pas de feux d'artifice.
— Non. Pas de feux d'artifice. Juste de la chaleur humaine, et du réconfort. »
Tom se fend d'une grimace laissant entendre que chaleur humaine et réconfort n'ont ici qu'un intérêt marginal.

« Pour en revenir à cette histoire de sexe post-carcéral… Pourquoi aurais-je fait de la prison ?

— Rien de grave », le rassure Louise.

Tom est un peu déçu.

« Si on va en prison, c'est forcément grave.

— Oui, mais pour de l'évasion fiscale. Un délit d'initié. Ce genre de choses.

— Ces gens-là sont la lie de la société. Et rarement sexy, de surcroît.

— Les gus couverts de tatouages qui soulèvent de la fonte depuis quinze ans ne le sont pas non plus. J'aurais la trouille de coucher avec un type comme ça.

— Déjà, tu n'en aurais pas probablement pas épousé un.

— J'aurais pu le rencontrer sur Tinder, ou un de ces sites.

— Certes, mais, encore une fois, je te vois mal faire défiler des profils – de quelque côté que ce soit. »

Il fait une mimique qui entend évoquer un ex-taulard violent et affamé de sexe, puis enchaîne sur une imitation de Louise, en train de consulter son téléphone, l'air légèrement intrigué, avant de *swiper*.

« Comment diable sais-tu qu'il faut *swiper* ?

— Tout le monde sait ça.

— Non, pas moi, dit Louise.

— Quoi qu'il en soit, mettons les points sur les i : c'était un honnête rapport sexuel de fraudeur fiscal inoffensif, pas un truc de meurtrier tatoué.

— C'est ça. Mais sans non plus tous les… les manquements inévitables quand on sort de taule.

— Quel genre de manquements inévitables peut présenter une partie de jambes en l'air avec un fraudeur fiscal ?

— Encore une fois : le nœud de l'histoire, ce n'est pas l'évasion fiscale mais la libération de prison. Donc, les lacunes qui tombent sous le sens.

— Je crois n'avoir rien omis.

— Tout à fait. Tu le sais pertinemment.

— Je m'en doutais. Mais c'est bon d'en avoir confirmation. »

Ils sirotent leurs verres et regardent autour d'eux dans le pub. Pour la première fois depuis qu'ils ont instauré ce rendez-vous rituel de pré-séance, ils n'ont rien à se dire.

« Mais pour toi, ce n'était pas juste… une partie de jambes en l'air, n'est-ce pas ? demande Louise.

— Comment ça ?

— Du sexe sans sentiments ?

— Comment un truc pareil fonctionnerait ? Tu crois quoi ? Qu'après avoir couché nos deux enfants, je t'ai proposé un coup d'un soir ?

— Non, mais… je me suis demandé si je n'étais pas juste un corps. J'avais l'impression, comment dire… que tu m'avais dissociée.

— C'est l'effet prison.

— Oui, j'imagine.

— Mais le résultat était bon.

— Oui, très bon. Mais dans le genre bon et perturbant.

— Ah, maintenant, tu vas me dire qu'on a eu le mauvais genre de rapport sexuel ? J'aurais cru que n'importe quel genre de rapport sexuel était le bon.

— Oui, c'est ce que je pensais moi aussi, jusqu'à hier. »

Tom lâche un soupir las.

« Je me souviens… Ce devait être deux ou trois ans après la naissance des enfants, tu te sentais grosse et moche…

— Je te remercie. »

Louise est sarcastique.

« Oh, arrête, Louise. Je ne t'ai jamais trouvée grosse et moche ! C'est toi qui disais ça !

— Continue.

— Et tu m'avais demandé, après avoir fait l'amour, si je te désirais uniquement parce que je t'aimais. Pas parce que je te trouvais sexy.

— Oui. C'est ce que je ressentais à l'époque. Il y a dix ans. Et aujourd'hui, je ressens autre chose.

— Et en dix ans, en dépit du fait que tu en sais plus que quiconque sur la décrépitude du corps humain, tu t'es débrouillée, je ne sais comment, pour devenir Kim Kardashian ?

— Ce qui veut dire ?

— Ce n'est pas agréable d'être un objet sexuel à quarante ans passés ? D'être devenue précisément ce que tu aspirais à être entre trente et quarante ans ? Quand tu te sentais grosse et moche ?

— As-tu besoin de répéter ces mots en boucle ?

— Tu n'es pas grosse. Et personne n'irait te dire que tu l'étais à l'époque. »

Ils prennent conscience en même temps de l'omission. Louise est la première à réagir.

« Mais moche…

— Tu n'es pas moche non plus.

— Tu as hésité un poil trop longtemps. Sans compter que tu as plus ou moins admis que j'étais grosse, à l'époque.

— Maintenant, je ne sais plus quoi dire.

— Contente-toi de dire ce qu'il faut, et là, tu n'auras pas de souci à te faire.

— Que dis-tu de ça : tout rapport sexuel avec toi est le bon genre de rapport sexuel. Tu n'as jamais été grosse. Tu n'as jamais été maigre. Et tu m'as toujours attiré physiquement. »

Louise réfléchit. Ne trouvant rien à objecter, elle passe à autre chose.

« Que tu sortes de prison ne fait pas automatiquement de moi un… un objet sexuel. J'étais juste au bon endroit, au bon moment.

— Je m'en veux de tordre le cou au romantisme mais au bon endroit, au bon moment, ça me semble être la définition du sexe conjugal. Je pose mon bouquin, je tourne la tête, et qui je vois de l'autre côté du lit ?

— C'est différent. Hier soir, j'ai eu l'impression d'être une inconnue qui se trouvait au bon endroit, au bon moment.

— Mais enfin ! Les gens dépensent des fortunes pour transformer leur conjoint en inconnu qui sera au bon endroit, au bon moment ! »

Louise fronce le nez de dégoût.

« Où ça ?

— Chez les thérapeutes sexuels et consorts. N'est-ce pas ce qu'ils disent ? Brisez la familiarité ? Et ça a marché !

— Oui, mais ça ne marchera qu'un temps. »

Tom lève les bras en feignant le désespoir.

« D'accord. J'abandonne. Nous avons arrêté de faire l'amour parce que tu t'ennuyais, et je le savais. Quand on a recommencé, tu ne t'ennuyais plus, et du coup tu as trouvé ça déstabilisant. Et maintenant tu te lamentes parce que, inévitablement, si on couche plus souvent ensemble, tu seras de moins en moins déstabilisée.

— Je comprends que ça puisse dérouter. Mais je n'aime pas t'entendre dire *si* on recouche ensemble.

— Ah bon ?

— Oui. Dans un monde idéal, je voudrais ne coucher qu'avec toi.

— Waou.

— Ça mérite vraiment un "waou" ?

— Bon Dieu, oui. Tu n'as pas idée. C'est plutôt romantique, pour toi.

— Tu trouves ? "Monde idéal" constitue une clause de sortie qui n'a rien d'une paille.

— Ah.

— Parce que, ne nous voilons pas la face, on ne vit pas dans un monde idéal.

— Non. Mais tu parles du monde en général, ou de notre monde à nous ?

— Je n'aurais pas nécessairement besoin que le monde en général soit idéal avant de m'engager dans une relation monogame.

— Bon à savoir. Mais qu'importe. Je surinterprétais ta remarque. »

Tom tourne la tête vers la fenêtre. La dame âgée qui les précède chez la thérapeute est en train de traverser lentement la rue. Son mari n'est pas avec elle.

« Oh, merde !

— Qu'y a-t-il ?

— Elle est seule.

— Oh, mon Dieu. Sans doute n'était-il pas assez en forme pour venir.

— Espérons. Sinon…

— Peut-être que ça n'a rien à voir avec sa santé. Peut-être qu'ils ont rompu. Peut-être qu'il l'a envoyée promener.

— Ou qu'elle couche à droite à gauche. Ce serait bien.

— En quoi ce serait bien ? demande Louise. J'aurais cru que tu voyais l'infidélité d'un mauvais œil.

— La tienne, oui, je la vois d'un mauvais œil. La sienne ne me dérange pas.

— Parce que c'est le signe que le combat continue ?

— Exactement. C'est la preuve qu'on est vivant, que le doute subsiste. Que rien n'est gravé dans le marbre. J'aime bien l'idée. En plus, je ne connais pas cette femme, et sa vie m'indiffère. Ça aide.

— Mais rien n'est irréversible, c'est là, l'idée, non ? dit Louise. Quel que soit ton âge, tu peux garder le regard baladeur pour voir ce qu'il y a de disponible.

— Exactement.

— Je pense que tu devrais rentrer à la maison. »

DIXIÈME SEMAINE

Un autre verre ?

Tom et Louise entrent dans le pub ensemble et se dirigent vers le comptoir.

« En deux mois et demi, c'est la première fois qu'on arrive en même temps, observe Tom.

— C'est un présage. »

Tom commande une pinte de London Pride et un verre de blanc sec.

« Les présages ne sont-ils pas de mauvais augure ?

— N'annoncent-ils pas simplement un changement ? Eh bien, regarde : nous arrivons au pub en même temps pour notre dernière séance. »

Louise le regarde.

« Pourquoi est-ce notre dernière séance ? demande-t-elle.

— Je suis revenu à la maison. Et nous avons couché deux fois ensemble en huit jours. Problème réglé.

— Et d'un, quand on a commencé à consulter Kenyon, tu n'étais pas parti de la maison, donc ton retour nous ramène simplement au point de départ. Quant à notre vie sexuelle…

— Ah, ne commence pas avec ça ! Fiche-lui la paix, à notre vie sexuelle. Elle est vivante. Ne gâche pas tout. C'est mon seul accomplissement de l'année.

— J'allais juste observer que coucher ensemble est dans l'ordre des choses. Nous sommes mariés. Nous ne sommes pas de vieux croulants. Nous devrions avoir une activité sexuelle.

— Et c'est le cas. Nous avons entrepris cette thérapie parce qu'elle avait calé. Maintenant, elle a redémarré. Problème résolu. Fin de l'histoire. Passons à la suite. »

Ils emportent leurs boissons vers leur table habituelle.

« Mais qu'est-il arrivé à ton sentiment d'humiliation ? demande Louise.

— Envolé. On a couché ensemble.

— Et tes blessures, ta colère concernant ma liaison ?

— Enterrées ! Profondément. Elles ne referont surface que sous forme de maladie. Une crise cardiaque, ou un cancer. »

Il s'assied.

« Et tu trouves ça sain ?

— Est-ce que je trouve que les maladies cardiaques et le cancer sont sains ? Non, pas du tout.

— Mais enterrer les germes d'un futur cancer, ça l'est ?

— Oui, affirme Tom avec sincérité. Sur le court terme.

— Et concernant les autres sujets que nous avons abordés pendant les séances ?

— Comme quoi ?

— Tom, en quelques semaines, nous avons l'un comme l'autre exprimé plus de griefs que, que…

— J'aurais cru que tu chercherais un genre de processus de paix. Comme au Proche-Orient. Ou en Irlande du Nord.

— J'essayais précisément d'éviter les clichés.

— Quand on va au bout des choses, la plupart des processus de paix concernent un seul grief. Nous en avons mille. Du coup, je vois mal quelle analogie on pourrait faire.

— Franchement, nos griefs se résument eux aussi à un seul, observe Louise.

— Je t'écoute.

— Nous sommes mariés. C'est la racine, tout le reste n'est que rejets. Si nous n'étions pas mariés, on ne se chamaillerait pas à propos de… ma sœur, par exemple. Tu me demanderais comment elle va, et basta.

— À supposer que je sache que tu as une sœur. À supposer que je te connaisse, d'ailleurs.

— Je pars du postulat qu'on serait amis.

— Tu le penses vraiment ?

— Dans les bonnes circonstances.

— Vas-y, explique-moi.

— Ne sois pas désagréable.

— En quoi suis-je désagréable ?

— Sarcastique, alors.

— C'est toi qui as dit que nous ne serions amis que “dans les bonnes circonstances”. Je me demande donc quelles pourraient être ces circonstances. Où est le sarcasme ? Je présupposais bêtement qu'on serait amis quelles que soient les circonstances.

— Faux. Tu cherchais juste à me faire culpabiliser. »

Tom médite cette accusation.

« Tu as raison, dit-il. C'est déprimant.

— Quelle partie ?

— Je savais que j'allais t'agacer, en disant que je ne peux pas nous imaginer ne pas être amis. Je cherchais juste à suggérer qu'en vrai, c'est tout l'inverse. Mais maris et femmes n'ont pas besoin d'être amis, n'est-ce pas ?

— C'est ce que j'aurais pensé, oui. Imaginons que le soir où nous nous sommes rencontrés, nous n'ayons pas fini au lit ensemble, propose Louise. Imaginons qu'on ait eu une conversation intéressante et agréable et que, ensuite, on soit partis chacun de notre côté. Alors quoi ?

— Eh bien, quoi, "alors quoi" ?

— Tu m'aurais relancée ?

— Oui, évidemment.

— Pourquoi "évidemment" ?

— Parce que je voulais coucher avec toi.

— Le sexe n'est pas sur la table.

— Pourquoi ?

— Parce que dans l'univers parallèle que je décris, il n'y a pas d'attirance physique entre nous.

— Ah. En ce cas, je n'aurais jamais discuté avec toi.

— Tu étais à ce point superficiel ?

— C'était une fête. On avait vingt ans et des poussières. Tu parcours la pièce du regard et tu te dis : *Bon, je vais commencer par là*. Et tu te trouvais là où j'ai commencé.

— Que dirais-tu de ça, alors : un ami commun nous réunit à dîner, et ça accroche bien entre nous. Cet ami nous réinvite, on raccroche bien. À la troisième invitation, on échange nos numéros de téléphone et on décide de se revoir pour boire un verre.

— Ah, le sexe est revenu sur la table.

— Non.

— Je ne comprends plus rien.

— Je parle ici d'amitié. Aurions-nous pu être amis si nous n'avions pas couché ensemble ?

— Je vois mal comment.

— Merci.

— Le truc, c'est que je n'avais aucun ami, homme ou femme, comme toi. Je n'en ai toujours pas. Quand je t'ai rencontrée, tu ignorais pourquoi Bob Dylan s'était fait traiter de Judas pendant un concert.

— Maintenant, je connais même le nom de celui qui a gueulé "Judas". »

Cela rend Tom heureux.

« C'est vrai ?

— Oui. Keith Butler. Il vit à Toronto. »

Tom est sincèrement impressionné.

« Waou.

— Voie d'évitement.

— Je crois que je ne connaissais aucun étudiant en médecine, et encore moins quelqu'un qui envisageait de dévouer sa vie aux problèmes de santé des vieux.

— C'est à peine si tu connaissais quelqu'un qui se brossait les dents.

— Je brossais les miennes, proteste Tom. Encore aujourd'hui.

— Je sais. Mais où veux-tu en venir avec Keith Butler et la gérontologie ?

— Tu ne vois pas ? Ils illustrent en quoi le sexe est à ce point génial.

— Vraiment ? C'est vraiment tout ce que tu as trouvé ?

— Oublie Keith et les vieux. Je parle d'attraction sexuelle. Parfois, on veut coucher avec des personnes qui n'appartiennent pas à notre... catégorie particulière.

— Ce qui est particulièrement heureux dans ton cas. Sinon, tu ne coucherais qu'avec des types à l'hygiène douteuse, accros à la fumette, et qui ne voient la lumière du jour que pendant la saison des festivals.

— Et Kim, alors ?

— Ou avec une femme à l'hygiène douteuse, accro à la fumette et qui ne voit la lumière du jour que pendant la saison des festivals.

— Des tas de gens la trouvent sexy.

— "Sexy" signifiant, dans ce cas précis, qu'elle possède une sacrée collection de vieux disques. »

Tom grimace, comme pour dire : *Qu'est-ce que ça pourrait signifier d'autre – franchement ?*

« Tu m'as très bien compris, reprend-il. Nous n'aurions pas été amis. C'est uniquement parce qu'on a couché ensemble qu'on a pu se découvrir toutes sortes d'intérêts communs.

— À savoir ?

— Les mots croisés.

— Ça n'en fait qu'un. »

Il y a un silence.

« Les gosses.

— Tu ne peux pas mettre les gosses sur la liste, proteste Louise.

— Pourquoi pas ?

— Les enfants ne nous intéressaient ni l'un ni l'autre, avant d'en avoir.

— Nous les avons l'un et l'autre voulus. Remplace “enfants” par “chiens”, et imagine qu'on se retrouve maintenant avec une paire d'épagneuls. Tu les aurais acceptés sur la liste.

— Bon, d'accord. Les gosses et les mots croisés.

— Et j'apprécie ta façon de penser. Je n'ai jamais rencontré personne qui pense comme toi.

— À quel sujet ? »

Tom fait un geste vague.

« Le monde. La science. Ce genre de choses.

— C'est absurde.

— Oui, j'en ai bien peur.

— Tu te fiches pas mal de ce que je pense.

— Non, pas vraiment, riposte Tom avec enjouement. Donc, nous ne sommes pas amis, c'est ça la conclusion ?

— C'est une façon de voir les choses qui n'aide pas. Nous sommes mariés. C'est différent. Nous avons créé une vie ensemble, en dépit de tout. Un langage, une famille. Une forme de connivence. On a développé une connaissance intime de tout ce qui concerne l'autre. Comment appellerais-tu ça ?

— Je sais comment Kenyon résumerait l'affaire.

— J'en ai bien peur.

— Et j'imagine qu'elle serait dans le vrai, n'est-ce pas ?

— C'est possible, convient Louise.

— Ouais…

— Alors pourquoi est-ce une réponse qui nous satisfait si peu ?

— Oui, je vois ce que tu veux dire.

— C'est vrai ?

— Je pense même savoir pourquoi.

— Je t'écoute.

— Tu ne vas pas te mettre en pétard contre moi ? s'inquiète Tom.

— Non.

— Eh bien, voilà : c'est de l'amour, mais sans les émotions amoureuses. De l'affection, si tu vois ce que je veux dire.

— Exactement !

— Ouf !

— L'amour sans les émotions ! répète Louise. Oui, c'est tout à fait ça !

— Ton enthousiasme n'est peut-être pas indispensable.

— Regarde : pourquoi les enfants lancent des "Je t'aime" à tour de bras ? "Je t'aime, maman !" "Je t'aime, papa !"

— Je n'ai jamais dit ça à mes parents.

— Bon, tu avais de bonnes raisons. Mais les nôtres, ils nous le disent à tout bout de champ.

— Je suis convaincu qu'ils nous aiment. Mais tout au fond d'eux, peut-être. En surface, là où vivent les sentiments de pacotille, c'est une autre chanson.

— Quand ils nous disent “Je t’aime”, c’est donc un sentiment de pacotille ?

— Ça ne veut rien dire.

— Tu crois que c’est pour ça que, nous, on ne se le dit pas ? demande Louise.

— Tout à fait. Ce ne sont pas des mots qu’on prononce à la légère. On les réserve pour les moments où ils pèsent de tout leur poids.

— D’autant plus qu’on s’aime sans émotion.

— On devrait tout de même s’entraîner à se le dire. On sait que ça n’aurait rien de désinvolte, dans notre bouche. Ce serait une simple reconnaissance factuelle de ce qui nous lie.

— Je trouve que c’est une bonne idée. »

Ils se taisent un instant.

« Couchons-le sur la liste, propose Tom.

— Ce pourrait être un bon point à travailler avec Kenyon.

— Absolument.

— De la même façon que les gens doivent aller aux réunions des Alcooliques Anonymes même quand ils ont arrêté de boire – tu vois ?

— Oui, bien sûr. Ils doivent continuer de dire qu’ils sont alcooliques, à jamais. “Bonjour, je m’appelle Tom, et je suis sobre depuis dix ans.” Je ne suis pas alcoolique, au fait.

— On en discutera une autre fois. En tous les cas, je pense qu’on devrait peut-être adopter cette ligne.

— Laquelle ?

— “Nous sommes Tom et Louise, nous vivons une crise conjugale permanente, même si nous habitons sous le même toit et couchons ensemble.”

— Je ne vais pas consulter Kenyon jusqu'à la saint-glinglin, avertit Tom.

— Je n'ai pas dit ça. Mais, selon moi, on devrait acter le fait que notre relation de couple est imparfaite. Qu'on vit sur une ligne de faille, et que la maison pourrait s'effondrer à tout moment.

— Il n'y a rien qu'on puisse faire pour y remédier ? Quand on a entrepris cette thérapie, tu disais vouloir reconstruire entièrement notre relation de couple.

— Je m'en souviens.

— Mais c'est impossible.

— Je n'ai jamais pensé ça. Sinon, ce ne serait plus notre couple.

— C'est vrai. Mais finalement c'est un endroit où nous aimerions bien vivre. »

Louise aperçoit le couple d'un certain âge qui sort de chez Kenyon.

« Regarde ! Il est toujours parmi nous ! »

Tom se fend d'un large sourire.

« Waou. Ça me rend assez optimiste.

— Tu voudrais un autre verre ? »

Tom la dévisage avec stupéfaction. La même stupéfaction que si Brigitte Bardot, en 1963, lui avait fait des avances.

« Tu es sérieuse ?

— Oui. Soûlons-nous.

— Et Kenyon ?

— Je vais lui envoyer un message pour lui dire qu'on a une urgence avec les gosses. Va chercher à boire. »

Tom n'en revient pas de sa chance.

« Je ne sais pas quoi dire. »

Il se lève, fait quelques pas en direction du comptoir, puis se retourne vers Louise.

« Je ne sais vraiment pas quoi dire. Je t'aime. »

Il a dit ça machinalement. Louise lève les yeux au ciel et commence à chercher le numéro de téléphone de Kenyon.

MIXTE
Papier issu de
sources responsables
FSC® C003309

10/18, une marque d'Univers Poche,
est un éditeur qui s'engage pour
la préservation de l'environnement
et qui utilise du papier fabriqué à partir
de bois provenant de forêts gérées
de manière responsable.

10/18 – 92 avenue de France, 75013 PARIS

Imprimé en France par CPI

N° d'impression : 3043540
X07805/01